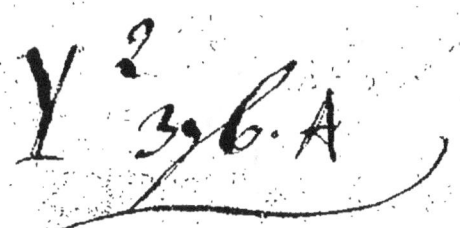

NOVVELLES

D'ELISABETH

REYNE

D'ANGLETERRE.

Premiere Partie.

A PARIS,

Chez CLAVDE BARBIN, au
Palais, sur le second Perron de
la sainte Chapelle.

M. DC. LXXIV.

Avec Privilege du Roy.

A SON ALTESSE
ROYALE
MADEMOISELLE.

 ADEMOISELLE,

 Le dessein d'offrir cet Ouvrage à
V. A. R. s'est facilement insinué dans
mon Cœur ; mais l'Execution m'en a
paru dangereuse : & quand i'ay consi-
deré le discernement admirable avec
lequel V. A. R. iuge de toutes les produ-
ctions de l'Esprit ; i'ay crains, avec

A ij

EPISTRE.

raison, qu'elle n'appellât temerité, ce qui n'est qu'un pur effet du respect & du sincere attachement que i'ay eu toute ma vie pour sa Personne: Toutefois, Mademoiselle, l'extreme bonté de V. A. R. me rasseure, & ie me determine enfin à luy rendre cét homage, me persuadant qu'encore qu'elle ne trouve rien dans ce travail qui luy puisse plaire ou la divertir, elle voudra bien regarder l'intention qui me l'a fait entreprendre. Ie supplie donc tres humblement V. A. R. d'agreer cette foible recompoissance de toutes les graces dont ie luy suis redevable, entre lesquelles ie puis conter l'esperance de mon salut, & de me faire l'honneur de croire que quand ie serois moins obligée à V. A. R. ie ne serois pas moins à elle par cette inclination naturelle qui luy devoüe tous mes respects. Ce seroit icy, Made-

EPISTRE.

moifelle, *que ie prendrois un fort
grand plaifir de reprefenter cet in-
comparable objet de mon zele, & de
ma veneration : cette Ame fi belle; ce Cœur fi grand; cet Efprit fi
élevé, & ce Charme heroïque qui
brille dans toute voftre Perfonne; &
enfin,* Mademoifelle, *toutes ces
qualitez, qui vous rendent digne
petite Fille de* Henry le Grand, *Niéce de* Loüis le Iufte, *Fille de* Ga-
fton de France : *& pour ne parler
que de ce que nous voyons, digne
du Sang qui vous lie au plus Grand
Roy du monde. Mais,* Mademoifelle, *ce feroit une temerité, fans
comparaifon plus condamnable que
celle qui me porte à vous offrir les
Nouvelles d'*Elifabeth Reine d'Angleterre, *& ie me borneray à pro-
tefter à Voftre Altefse Royale, le pro-*

EPISTRE.

fond respect, & l'ardente passion avec laquelle je suis,

MADEMOISELLE,

De V. A. R.

Tres-humble, tres-obeyss. &
tres-fidelle serv.
..*.

NOVVELLES
D'ELISABETH
REYNE D'ANGLETERRE.

Nouvelle premiere.

LA Negociation du Mariage du Duc
d'Anjou , avec Elisabeth Reyne
d'Angleterre , ayant esté plusieurs
fois reprise , & autant de fois abandon-
née , elle se réveilla enfin sous le Regne
de Henry III. Outre que cette alliance
confirmoit la Paix entre les deux Cou-
ronnes , le Roy de France la desiroit particulierement pour affoiblir le party de la
Nouvelle Religion , qu'Elisabeth forti-
fioit de troupes & d'argent. Le Roy de-
puta pour cét ambassade le Marquis de
Rambouillet , & le Duc d'Anjou y envoya de sa part Simieres , qui estoit un
homme habile , & qui sçavoit parfaitement l'Art de persuader ; mais quelque
adresse qu'il eût , & de quelque raison
qu'il se pût servir , Elisabeth ne pouvois

se refoudre à fe donner un Maiftre, Simieres jugeant donc qu'il n'y avoit que la
prefence du Duc d'Anjou qui pût appla-
nir les difficultez que la Reyne faifoit de
s'engager, il donna cét avis au Duc,
qui s'affurant avec raifon fur fa bonne
mine, fur fon merite, & fur l'effet qui
en pouvoit refulter, paffa en Angleterre
inconnu. Elifabeth eftoit alors à Gren-
vvich, où elle n'avoit voulu eftre fui-
vie que d'un tres-petit nombre de perfonnes, mais feulement des Comtes de
Suffox & de Leifter, des principaux Of-
ficiers de fa maifon, & de la Comteffe de
Salifbury, qui avoit lors grand part à la
bien-veillance de cette Princeffe. La furprife qu'eût la Reyne en voyant le Duc
d'Anjou, ne l'empêcha pas de de rece-
voir comme un grand Prince que toute
la Terre luy deftinoit pour mary. Et quoy
que la magnificence n'eût point de part à
la reception qu'elle luy fit, l'ouverture
de cœur, & la franchife qu'Elifabeth
eût pour le Prince, reparerent le deffaut
du fafte & des fpectacles qui y man-
quoient. Le fejour de la Campagne où
ils eftoient, ne leur permettoit pas de
prendre d'autres plaifirs que ceux de la

chaſſe ou de la converſation , la pluye ou
la trop grande chaleur les reduiſoit ſou-
vent au dernier. Comme l'amour eſtoit
leur plus ordinaire entretien , & que la
Reyne affectoit une forte indifference
pour tous les engagemens de cœur , le
Duc qui ſçavoit toutes les delicaſſes de
cette paſſion , luy dit vn jour qu'il eſtoit
bien mal-heureux de ne pouvoir luy faire
changer de ſentimens. Iuſques icy , luy
repartit la Reyne , je n'ay pas beſoin
de toute ma force , pour m'oppoſer aux
impreſſions de l'amour ; mais quoy que
je ſois perſuadée que pour vivre heureux
il faut eſtre inſenſible , je tiens auſſi qu'il
ne faut pas s'aſſeurer de l'eſtre toute ſa vie;
un fort grand merite eſt toûjours dangereux , & apres avoir reſiſté avec beaucoup
de courage , il n'eſt pas impoſſible qu'on
ne ſe puiſſe rendre ſans foibleſſe. La
Reyne rougit en proferant ces paroles,
quoy qu'elle ne les deût prononcer , que
pour perſuader au Duc qu'elle le diſtin-
guoit de tous les Princes qui avoient eu
deſſein ſur ſon cœur. Ah ! Madame , reprit-il , comme on ſe fait aiſément une
habitude agreable d'aimer , on s'en fait
une auſſi de n'aimer pas ; Et quoy que

voſtre Majeſté me puiſſe dire, je crains
bien qu'elle ne change jamais de ſentiment. Ie ne m'aſſeure pas ſi fort en moy-
même, repartit la Reyne, & j'ay plus
d'une exemple pour ne m'y pas fier. Ie
puis, continua-t-elle, vous conter une
hiſtoire qui vous prouvera ce que je dis.
Le Duc d'Anjou ayant ſupplié la Reyne
de flatter ſon eſperance par ce recit agreable, elle luy dit ; Qu'ayant envoyé depuis quelques années le Comte de l'In-
coln à la Cour de France, pour negocier
quelque affaire ſecrette, il luy avoit ap-
porté une Nouvelle manuſcrite, dont les
avantures ne luy avoient pas déplû. Ie
crois encore, pourſuivit la Reyne, que je
n'en ay pas perdu la memoire ; & je l'ay
leuë tant de fois, que je n'auray pas de peine à m'en ſouvenir. Comme la converſation du Duc & de la Reyne avoit eſté ge-
neralle, ceux qui l'avoient entendu ayans
fait un profond ſilence, elle prit ainſi la
parole.

Histoire du Marquis de Bonneval, du Comte de Graville, & de Mariane.

IL n'est point d'exemple d'une si parfaite amitié, que celle qui estoit entre le Marquis de Bonneval & le Comte de Graville; tous deux vivoient sous le Regne de François I. & tous deux ont signalé leur valeur dans les Guerres que ce grand Roy a soustenuës ou entreprises : mais comme les affaires de leur amour n'ont rien de commun avec celles de l'Estat, je ne diray rien de ce qui regarde le general, & je ne parleray que de ce qui concerne leurs interests particuliers.

Le Marquis de Bonneval & le Comte de Graville estoient tous deux bien-faits de leurs personnes; ils avoient beaucoup d'esprit, & leur amitié estoit fondée sur un merite receu de toute la terre : mais quoy que Bonneval eût toutes les qualitez qui peuvent faire un fort honneste homme, il estoit envieux & jaloux; & comme il sentoit bien que ce dangereux sentiment estoit assez violent en luy pour seduire sa raison & sa vertu; il évitoit

l'amour, estant persuadé qu'il est rare
d'estre amoureux sans estre jaloux de ce
qu'on ayme. Graville avoit quelque chose de plus doux & de plus tranquille dans
l'esprit & dans le cœur, qui luy faisoit
craindre les desordres d'une passion ; de
sorte que ces deux amis se trouvans également éloignez d'en prendre, ils se don-
nerent entierement aux douceurs de l'a-
mitié, avec une mutuelle protestation de
fuir toutes les occasions qui les pour-
roient conduire à l'amour. Le Comte de
Graville ayant esté obligé par quelques
raisons indispensables de faire un voyage
en Gascogne, Bonneval prit ce temps-
là pour aller à la campagne, où ses affaires l'appelloient aussi ; Il y demeura quelque temps, avec une fort grande impatience de revoir son amy qui revint à Paris aprés trois mois d'absence. Leur premiere veuë eût toute la tendresse que l'a-
mitié demande de deux personnes qui
s'aiment veritablement. Il parut toutefois au Comte de Graville, que le Marquis de Bonneval estoit plus resveur que
de coustume, & qu'il estoit extrêmement
distrait ; Il en fut surpris, mais son amitié ne luy permît pas de s'en plaindre
alors;

alors ; il pensa que si Bonneval avoit
quelque sujet de déplaisir, il luy en feroit
confidence ; il est vray aussi qu'il ne pût
long-temps garder son secret à Graville,
& quoy qu'il eût de la confusion de luy
apprendre le changement qui étoit arrivé dans son cœur ; il le fit entrer dans
un cabinet où ils avoient souvent parlé
de toute autre chose. Bonneval com-
mença son discours par de tendres pro-
testations de la durée de son amitié. Oüy,
luy disoit-il, mon cher Graville, je vous
ayme toûjours cherement ; mais vous
n'êtes plus seul dans mon cœur ; je ne
suis plus le même Bonneval qui ne connoissoit point d'autre bon-heur dans la
vie, que celuy d'être aymé de vous ; il
est une autre félicité pour moy, mais je
ne la possede pas, & c'est ce qui me rend
le plus mal-heureux de tous les hommes ;
helas ! pourquoy m'avez-vous quitté,
où que ne vous ay-je suivy ? En disant
ces paroles, Bonneval tira un rideau qui
couvroit une peinture, & sans rien dire
au Comte de Graville, il luy laissa la liberté de la regarder, & d'y admirer les
traits d'une parfaite beauté. Enfin voyant
que Graville ne parloit pas. Vous ne me

B

dites rien, reprit Bonneval, eſt-ce que
vous ne trouvez rien de beau dans cette
peinture, ou la trouvez-vous ſi belle
que la ſurpriſe où vous êtes vous ôte l'uſ-
ſage de la parole ? J'attends, interrompit Graville, un aveu de vôtre bouche,
qui m'apprenne ce que je ne veux pas deviner pour ma ſatisfaction. Si vous avez
encore quelque ſoin de la mienne, repliqua Bonneval, ménagez ma foibleſſe,
& ne m'obligez point à vous la confeſ-
ſer ; cependant je ſens bien qu'encor que
j'aye de la peine à vous la laiſſer voir,
je ne laiſſe pas de trouver une conſolation
ſecrette en vous ouvrant mon cœur ſur
ce qui luy eſt plus ſenſible. Si l'eſprit, dit
Graville, répond aux traits de ce Portrait, je plaindray vôtre engagement ;
mais je ne vous blâmeray pas peu de
vous être rendu ſans reſiſtance. Ah ! que
dites-vous, repliqua Bonneval, je n'ay
pas été vaincu ſi facilement que vous
penſez ; mais l'extrême beauté, le merite, l'eſprit, & la douceur de cette admirable perſonne me pouvoient-ils laiſſer l'eſperance d'en éviter le pouvoir.
Apprenez moy du moins, dit le Comte de Graville, par quelle avanture je

vous ay perdu. Ie fuis encore à vous, repliqua Bonneval, & rien ne me peut empêcher d'y être toute ma vie; mais apprenez comme l'amour m'a furpris; & fi vous ne pouvez me foulager, plaignez du moins un mal-heur que je n'ay pû éviter.

La douleur que j'eus de vôtre abfence ne me permettant pas de me divertir dans le monde, j'allay paffer quelque temps à la campagne, fans autre compagnie que celle de mes livres & de mes penfées : I'y demeuray plufieurs jours dans la folitude où je m'étois propofé de vivre ; mais un foir que la nuiçt étoit déja affez avancée, & que je me promenois dans un bois qui eft fort proche de ma maifon, & qui borde le grand chemin, j'entendis les cris de quelques femmes, & la voix d'un homme qui tâchoit à les remettre de la frayeur qu'apparemment elles avoient. Vn fentiment d'honnefteté, ou pour mieux dire, une certaine fatalité, à laquelle je ne pus refifter, m'entraînerent vers le lieu où j'entendois le bruit ; mais quoy que je fuffe feul, comme je vous l'ay dit, ma veuë augmenta la peur de trois Dames que je vis étenduës par ter-

re ; & ce ne fut qu'en parlant à un de
leurs domestiques , que je leur fis comprendre que je ne venois en ce lieu que
pour leur offrir le secours dont je croyois
qu'elles avoient besoin ; les unes étoient
évanoüies , les autres étoient blessées ,
& toutes étoient dans un fort pitoyable
état. J'apris d'un homme qui les condui-
soit , qu'étans parties de Paris pour aller
passer l'Esté en Anjou , elles avoient été
attaquées par des voleurs , qui après les
avoir volées avoient tiré plusieurs coups
de pistolet à la tête des chevaux , dont
le Cocher ny le Postillon n'avoient pû
être les maîtres ; que les chevaux s'étans
emportez sans conduite , avoient versé
le Carrosse , & l'avoient entraîné un long
espace de chemin ; qu'enfin le corps du
carrosse ayant été separé du train, ces Dames étoient demeurées dans le proche de
ce Bois , sans sçavoir où elles étoient. Je
m'aprocheray d'elles , & leur ayant offert
ma maison , elles l'accepterent , ne pouvant faire autrement ; elles ne voulurent même pas me permettre d'envoyer
chercher mon Carrosse, & elles aimerent
mieux se laisser conduire à pied jusques à
ma maison , que de souffrir qu'on les

quittât un moment. Lorsque l'on vint à
l'entrée du logis avec de la lumiere pour
nous éclairer, je vis que la plus âgée de
ces Dames étoit blessée ; & je vis auffi
deux tres-belles perfonnes ; mais ie n'eus
que de la compaffion pour elles dans ce
moment , & elles partagerent indifferem-
ment mes regards & ma pitié. Ie les obli-
geay à fe mettre au lict , & par bon-heur
un homme qui étoit à moy fe trouva affez
bon Chirurgien pour fecourir une de ces
Dames qui étoit bleffée à la tête : aprés
auoir mis le premier appareil , il affu-
ra que le temps & le repos la gueri-
roient infailliblement. Ie fçeus que cette
Dame qui étoit la plus âgée , s'appel-
loit Madame de Beaulieu ; qu'elle étoit
mere d'une de ces belles perfonnes dont
je vous ay parlé, & que l'autre étoit leur
parente. Quoy que leurs perfonnes me
fuffent inconnuës, leurs noms ne me l'é-
toient pas ; & ce me fut une raifon pour
les traiter avec plus de refpect & de foin.
Le lendemain je les vifitay quand je fçeus
que je le pouvois fans les incommoder;
Mais, ô Dieux ! qu'elle veuë, je ne fçau-
rois dire ce que ie fentis dans ce moment,
car cela paffe l'expreffion ; ie n'avois ja-

mais regardé les plus belles femmes de
la Cour, que comme de beaux tableaux
qui me laiſſoient l'entiere liberté de diſ-
cernement ; Mais quand ie vis cette admirable Perſonne, ie fus ſurpris, ie fus
éblouï, ou pour mieux dire, ie fus aveu-
glé ; A la verité, ie ne m'oppoſay point
à cette premiere ſurpriſe ; & mes ſoins
avoient ſi bien ſeduit ma raiſon, que ie
ne penſay pas à l'appeller à mon ſecours.
Ie fis mon compliment à Madame de
Beaulieu, ſans la regarder, & ie fus bien-
heureux qu'elle ne fut pas en état d'y
prendre garde ; la bleſſure de ſa tête l'em-
pêchoit de parler, & ne luy permettoit
pas non plus d'entendre un long diſcours ;
mais comme elle étoit fort civile, &
qu'elle croyoit m'étre obligée, elle me
témoigna beaucoup de reconnoiſſance
du ſecours qu'elle avoit receu de moy.
Puis ſe tournant du côté de ſon aimable
fille ; Mariane, luy dit-elle, ie vous
laiſſe le ſoin de continuër les remerci-
mens que nous devons à Monſieur, pour
toutes les bontés dont nous luy ſommes
redevables. Mariane obeït aux ordres
de ſa mere avec tant d'eſprit, de modeſ-
tie & de douceur, que ie n'eus preſque

pas la force de luy répondre ; & ie croy
que je serois demeuré muèt, si cette belle
personne ne m'eût dit , que sa mere ne
voulant pas abuser de ma civilité , estoit
resoluë de se faire porter à une petite Ville
qui n'est qu'à une lieuë de chez moy, pour
y demeurer jusques à sa guerison ; après
laquelle elle vouloit continuer son voyage : Mais je m'opposay si fortement au
dessein de Madame de Beaulieu , qu'elle
fut contrainte de ne s'y plus obstiner. Ie
passay tout le jour avec Mariane, sans faire reflexion à ce qui se passoit dans mon
cœur : Et ce qui est de plus extraordinai-
re , & dont je vous demande pardon, mon
cher Comte , c'est que je ne pensay point
à vous tout le temps que je demeuray
auprés d'elle. Enfin le soir m'en separa ;
mais je ne fus pas plûtost dans ma chambre , que je sentis bien que je n'y trouve-
rois pas le repos que j'avois accoûtumé
d'y prendre ; j'allay dans le Iardin, pour
voir si l'agreable fraîcheur de la nuict ne
m'exciteroit point au sommeil ; j'y rêvay
quelque temps , sans sçavoir precisément
à quoy je pensois; mais peu à peu mes
pensées se fixerent , & Mariane seule en
fut l'objet ; mon imagination me la repre-

sentoit fidellement , & je la trouvois si
belle, que je ne pouvois en effacer l'agreable Idée. Iusques-là rien ne s'estoit opposé à la douce impression que l'amour
commençoit à faire dans mon cœur ; mais
vous ayant rappellé dans mon souvenir,
je commençay à connoître que l'amitié &
l'amour ont leurs droits separez ; je voulois qu'elles pussent subsister ensemble ;
mais je compris bien aprés mille reflexions , que quand l'amour s'est emparé
d'un cœur , l'amitié y languit , & n'a que
les restes de cette tyrannique passion. La
connoissance que j'en eus me donnoit de
la confusion ; il me sembloit à tous momens que vous me demandiez compte
de toutes les marques d'amitié que
vous m'aviez données ; je vous pro-
mettois de vous conserver inviolable-
ment la mienne. Dans cette resolution je
me retiray ; mais la veuë de Mariane vint
à bout de toute la fermeté que je m'estois
proposée ; & ses beaux yeux me disoient
sans son consentement , qu'il falloit l'aimer uniquement , & l'aimer toute ma vie.
Mon recit seroit trop long , si je vous disois tous les combats que je livray pour
deffendre nostre amitié ; mais je voyois

Mariane tous les jours, & je découvrois en
elle toutes les qualitez dont vous n'auriez
pû garantir vôtre cœur. Cependant la
guerison de Madame de Beaulieu tiroit en
longueur, les Medecins luy deffendirent
de songer à partir qu'après avoir gardé le
lict quarante jours. Mariane avoit avec
elle une parente fort aimable, qui s'ap-
pelloit Lucie de Valfons, & je tâchois
de leur faire passer à toutes deux le temps
avec le moins d'ennuy qu'il m'estoit pos-
sible. Ie remarquay dans toutes nos con-
versations, que Mariane avoit beaucoup
d'aversion pour l'amour ; & quoy que
j'eusse déja bien de l'inclination pour elle,
je luy disois que je n'en avois jamais eu
pour personne, quoyque Lucie soûtint
qu'il en faloit avoir une fois en sa vie ;
je leur parlois souvent de vous & de nôtre union, & je sceus que Mariane avoit
aussi une amie qu'elle aimoit tendrement. Nous faisions tous les jours d'a-
greables satyres contre l'amour & ses foi-
blesses, & nous avions aussi de longs entretiens sur les douceurs d'une parfaite
amitié, Mariane concluant que c'estoit le
seul party que l'on peut prendre pour estre
heureux & raisonnable. Quoyque je fusse

dans d'autres fentimens, je ne le faifois
point paroître; au contraire, je luy faifois admirer la fimpathie qui eftoit entre nous d'avoir deftiné nos cœur à l'a-
mitié, & de les avoir éloignez de tout ce
qui conduit à la paffion. Enfin Madame de
Beaulieu fe trouvant en eftat de fouffrir
le carroffe; mais n'ayant pas auffi affez
de force pour continuer le voyage qu'elle
avoit commencé, partit de chez moy
pour retourner à Paris, qui eftoit fon fejour ordinaire. L'habitude de voir Mariane, & de l'entendre à tous momens, me
donnoit de fi fenfibles plaifirs, que la pri-
vation de tant de biens me penfa coûter
la vie. Ie voulois auffi par un dernier effort en vôtre faveur, effayer fi l'abfence ne me gueriroit point d'une paffion naiffante, qui n'étant foûtenuë
d'aucune faveur, me laiffoit quelque ef-
perance de la furmonter; mais la violence que je me fis pour en venir à bout,
ne fervit qu'à ruiner ma fanté, & je fus
affez malade pour ne pouvoir fuivre Mariane auffi-toft que l'amour m'en follici-
ta. Aprés quinze jours de fiévre, je me
trouvay beaucoup mieux; mais rien ne
pût m'ofter une certaine langueur qui de-

meura peinte sur mon visage. J'arrivay à
Paris, où je ne fus qu'un moment sans aller voir Madame de Beaulieu ; je la trouvay mourante, & Mariane fort affligée ;
elle étoit fort abbatue de douleurs & des
soins continuels qu'elle rendoit à sa mere ; Cet abbatement la rendoit plus belle à mes yeux, parce qu'il avoit quelque
chose de conforme à l'état auquel je me
trouvois. Quoyque les Medecins pûs-
sent faire, Madame de Beaulieu mou-
rut ; le bon naturel de Mariane luy fit
sentir cette perte comme elle le devoit ;
ses amis & le temps eurent bien de la peine à l'en consoler. Comme Mariane étoit
fort jeune, elle demeura sous la conduite de Madame de Valfons, qui étoit sa
tante, & mere de Lucie. Cette bonne
Dame aymoit sa niéce fort tendrement.
Je la visitay à mon ordinaire, & j'étois
auprés d'elle sur le pied d'un amy de so-
cieté ; j'avois toûjours quelques nouvelles à luy apprendre de celles qu'on ne dit
point tout haut. Elle me fit connoître
son amie, & luy fit trouver bon que je
fusse de leurs divertissemens. Je les priay
aussi de vous y admettre quand vous se-
riez de retour ; & sur le portrait que je

leur ay fait de vous ; elles ont eu depuis
beaucoup d'impatience de vous voir. Le
deüil de Mariane étoit fort auſtere : nous
paſſions une vie fort douce , parce qu'elle étoit retirée du bruit & du commerce
du monde. Ie me ſouviens qu'un jour
Lucie ſe plaignoit que nos divertiſſemens
étoient languiſſans , & qu'il paroiſſoit
bien que l'amour n'étoit point de la partie. Ie voulus appuyer ce qu'elle diſoit ,
Mariane m'impoſa ſilence avec tant de
fierté , que je n'oſay continuer un diſcours que je vis bien qui luy déplaiſoit :
j'en fus fort touché : car le ſecret de ma
paſſion commençoit à me devenir inſup-
portable. Ie tombay dans une melanco-
lie & une triſteſſe ſi profonde , que j'en
étois méconnoiſſable. Lucie & l'amie de
Mariane , qui ſe nommoit Eulalie de
Souſange , demanderent enſemble & ſe-
parement le ſujet de mon chagrin : plus
je leur en fis de myſteres , plus elles eurent envie de le deviner. Vn jour que Lucie me preſſoit de luy dire d'où venoit ma
langueur , & qu'à mon ordinaire je me
defendois de le luy apprendre. Vous
aymez , me dit-elle ; & ſi je ne me trom-
pe , Mariane vous a inſpiré de l'amour.

Croyez

Croyez-moy , continua-t'elle , redui-
sez vos sentimens à l'estime & à l'amitié :
& si vous trouvez quelques douceurs
à vivre parmy nous , ne faites rien paroître de l'amour qui est dans vôtre cœur ,
elle vous banniroit sans doute comme
elle a banny depuis peu le Comte de Boissy
pour luy avoir donné des témoignages,
quoy que respectueux , d'une grande
passion. Lucie me parloit si sincerement,
que je me resolus à luy avoüer cette fata-
le verité. Elle mit tout en usage pour
combattre mon amour ; mais ses conseils
quoy que salutaires ne me purent faire
changer le dessein que j'avois pris de faire
sçavoir à Mariane que je l'aymois. Voicy
à peu prés comme elle l'apprit. Ie passay
quelques jours sans la visiter ; ce procedé
la surprit , & l'obligea à envoyer sçavoir
de mes nouvelles. Ie luy écrivis ce Billet
par son Lacqua.s.

Billet du Marquis de Bonneval, à Mariane.

IE suis indigne de l'honneur que vous me
faites de vous souvenir de moy, puisque

C

selon vos maximes j'ay perdu la raison &
voftre amitié. Pour ne vous pas laiffer dans
le doute de mon erreur & de mon crime ; je
vous apprens , Mademoifelle , que ie fuis
amoureux de la perfonne du monde la plus
ennemie de l'amour , & qui eft toutefois la
plus capable d'en infpirer ; aprés cela ie crois
que vous n'aurez pas de peine à deviner que
c'eft de l'aymable M. . . . .

J'ay fçû depuis qu'en lifant cette lettre
elle rougit ; & la donnant à fon amie &
à fa parente. Voyez , dit-elle , fi vous
comprenez quelque chofe à ce billet.
Pour moy, continua-t'elle, je ne cherche
pas l'explication de ces paroles ; mais à la
verité , j'ay du chagrin de ne pouvoir
conferver un amy qui ne devienne fufcep-
tible de cette foibleffe. Eulalie en fut un
peu furprife , & comprenant bien que
cette declaration s'addreffoit à Mariane ,
elle luy dit que nul autre qu'elle , n'étoit
en droit de débroüiller ce myftere. Pour
moy, dit Lucie , fans me donner la peine
d'y réver , il y a déja quelque temps que
le Marquis de Bonneval eft amoureux
de . . . . Ie vous prie , ma coufine,
interrompit Mariane , gardez bien ce
fecret fi l'on vous l'a confié ; car je n'ay

point de curiosité de le sçavoir. Ie ne
pense pas toutefois, reprit Lucie, que
vous pussiez long-temps ignorer que la
chose vous regarde, & je ne crois pas
non plus que vous deviez traitter Bonneval comme tous ceux qui vous ont aymé; il
semble que vous soyez obligée à avoir des
égards plus pour luy, que vous n'avez pas
eu pour tous les autres; à moins que de
vouloir vous charger d'une ingratitude
horrible en le bannissant. I'y suis toutefois si resoluë, dit Mariane, que tout ce
qu'on me peut dire ne m'empêchera pas
de fuir le Marquis de Bonneval, avec la
même precaution que j'évite la veuë de
ceux qui sont dans le même sentiment.
Lucie avoit envie de pousser la conversation plus loin; mais Madame de Valfons
étant entré dans la chambre de Mariane,
finit cét entretien: depuis ce temps-là
Lucie parloit si souvent de moy à son
aymable parente, que Mariane la pria enfin serieusement de ne luy en plus rien
dire.

Plusieurs jours se passerent, pendant
lesquels je vivois dans un chagrin mortel:
car je n'apprenois point de quelle maniere
mon billet avoit été reçû. Quoyque

l'abſence me fit ſouffrir infiniment, je ne
pouvois me repentir de l'avoir écrit. Ie
fis ſecretement prier Lucie de me marquer
un lieu où je puſſe luy parler; elle me fit
dire qu'elle iroit le lendemain au Louvre
voir la Reyne. Ie ne manquay pas de me
rendre au lieu qu'elle m'avoit preſcrit, où
je l'attendis long-temps dans une extréme
impatience d'apprendre d'elle ce que je
devois eſperer ou craindre ; mais enfin
elle arriva, & j'appris d'elle tout ce que
je viens de vous dire. Elle me blâma
d'avoir fait ſçavoir mes ſentimens à Mariane, & me dit la reſolution que ſa parente avoit priſe de ne me plus voir; Enfin
elle me conſeilla de vaincre ma paſſion,
ou du moins de la cacher, & qu'à cette
condition elle me promettoit de me réta-
blir dans l'eſprit de Mariane; Lucie me dit
auſſi que mon aymable Maîtreſſe s'êtoit
fait peindre; & ce fut dans ce temps là
que pour me conſoler de ſon abſence, je
fis faire cette copie ſans qu'elle l'aye ſçû.
Lucie m'ayant aſſeuré qu'elle perſuaderoit
ſa parente de me permettre d'aller chez
elle, je luy promis de n'y parler jamais
de ma paſſion, & j'en fus un peu moins
mal-heureux ; car je commençay à eſperer

que Mariane pourroit changer de fentiment, & que n'y ayant qu'un pas à faire
de l'amitié à l'amour, ma difcretion &
mes fervices parleroient à ma faveur.
J'attendois l'effet des promeffes de Lucie,
quand la fortune me donna une occafion
favorable de voir ma Maîtreffe. Vne
Dame de fa connoiffance, & de la mienne,
ayant prié Mariane & Lucie de fouper
chez elle, je m'en conviay de moy-même;
mais Mariane me traitta fi froidement,
que je penfay vingt fois fortir de la maifon: Comme c'eft toûjours un grand
bien de voir ce qu'on aime, je donnay
tout mon reffentiment au plaifir de mes
yeux. Aprés le foupé, les Dames prirent
le party de joüer: Pour moy qui ne joüe
jamais, je pris celuy de la converfation
avec le Chevalier du Beffay. Il me pro-
pofa de defcendre dans le jardin des Tour-
nelles, qui eft proche du lieu où nous
étions. En fortant du logis, je pris garde
qu'il y avoit deux ou trois hommes au
coin de la ruë, qui fe retirerent quand
ils nous apperçûrent. Ie n'y fis alors
nulle reflexion, & nous nous promenâmes
dans le jardin affez long-temps: aprés y
avoir efté quelque temps, nous y rencon-

trâmes le Comte de Boiſſy qui ſe joignit
à nous ; mais nous avions à peine commencé la converſation ; qu'un homme luy
vint parler bas, aprés quoy il nous quitta
aſſez bruſquement , & ſortit du jardin
avec precipitation ; comme il étoit tard ,
nous en ſortîmes auſſi pour retourner où
nous avions laiſſé Mariane. Lors que nous
eûmes fait quelque pas dans la ruë ; nous
entendîmes un fort grand bruit ; Nous
demandâmes la cauſe ; on nous apprit
que l'on venoit d'enlever une Dame qui
ſortoit d'une maiſon que l'on me montra,
& que je reconnus pour eſtre celle où
nous avions ſoupé avec Mariane. Ie ſçavois que le Comte de Boiſſy étoit amoureux d'elle ; Ie n'ignorois pas que la Dame
chez laquelle je l'avois laiſſée étoit des
amies du Comte, ainſi je ne doutay point
qu'elle ne fût alors en ſon pouvoir. Quoy
qu'il y vît peu d'apparence que je la puſ-
ſes rejoindre ; je ne laiſſay pas de demander de quel côté le carroſſe avoit tourné.
Ie pris quelques gens qui étoient ſortis à
ce bruit , avec les Lacquais du Chevalier
& les miens, & nous courûmes en diligence où le ſort plutôt que la raiſon nous
conduiſoit. Heureuſement nous rencon-

trâmes le carroffe de Mariane avec ceux
qui l'efcortoient, qui étoit arrêté dans
une ruë où l'on avoit tendu la chaîne
pour en fermer le paffage ; apparamment
il y avoit quelque perfonne de qualité
malade pour qui l'on avoit eu cette con-
fideration. Quoy qu'il en foit, je benis
un obstacle qui m'étoit fi favorable. Ie
me mis en état de charger l'efcorte, pendant que le Chevalier alla droit au carroffe pour empêcher que quelque fecours
imprévû ne nous enlevât encore une fois
Mariane. I'étois aux prifes avec ceux qui
la conduifoient, & ce n'auroit pas été
fans peine que je ferois venu à bout de
leur refiftance ; lors que le Chevalier
revint à moy, & me dit tout bas que ce
n'étoit point Mariane, & qu'il étoit inutile
d'expofer ma vie pour une perfonne vielle
& laide, en qui je ne prenois nul intereft;
que d'ailleurs l'intereft de Mariane m'ap-
pelloit auprés d'elle. I'eus une extreme
joye en apprenant cette nouvelle ; mais
elle ne m'empêcha toutefois pas que je ne
continuaffe encor à forcer ceux qui me
refiftoient. L'un d'entre-eux fe rendit de
bonne foy, & c'eft ce qui obligea les autres à faire de même. I'appris d'eux qu'ils

agiſſoient par l'ordre du Comte de Boiſſy , & qu'il les attendoit chez un de ſes
amis. Ie me contentay de cet aveu , &
je le renvoyay. Aprés cela je me fis un
plaiſir malin , quand je penſay à la ſurpriſe qu'auroit le Comte , lors qu'il verroit le terrible change que ſes gens
avoient pris , & j'allay retrouver Mariane qui étoit fort alarmée : Car elle
avoit ſçeu qu'on avoit attaqué ſon carroſſe , qu'on avoit forcé ſon Cocher à
deſcendre de ſur ſon ſiege ; qu'un autre
avoit pris la conduite des chevaux. Le
Chevalier du Belay fit le recit de cette
avanture , & fit trop valoir ce que je venois de faire pour Mariane. Pour moy
qui ne pouvoit comprendre comme il
pouvoit être arrivé que cette Dame eût
été enlevée pour Mariane , j'en deman-
day la raiſon. L'on me dit que cette Dame n'ayant pas joüé , & s'étant fort en-
nuyée d'être ſeule , elle avoit prié Mariane de luy prêter ſon équipage pour la
coduire chez elle; que les gens du Comte
de Boiſſy ayant veu ſortir le carroſſe, n'a-
voient point douté que Mariane ne fût
dedans , & avoit executé heureuſement , ſans examiner la choſe de plus

près. Quoy que Mariane fût dans une
fort grande inquietude, je ne laissay pas
de la faire rire, lors que je luy fis envi-
sager l'état où cette méprise alloit mettre le Comte. Plus de deux heures se
passerent en ce recit, & aux reflexions
que tout le monde fit sur cét évenement.
Ie proposois à Mariane de prendre le party de se retirer chez son Oncle, & d'accepter mon carrosse, lors que le sien
arriva, & nous apprîmes par celuy qui
l'amena, que le Comte avoit fait mille
extravagances quand il avoit veu la vieille
Dame, qu'à peine il avoit voulu permettre
qu'on fût conduire chez elle: cependant
ma modestie souffrit extremément des
loüanges qu'elle me donna, & des remer-
cimens qu'elle me fit. Quelque ordre que
j'eusse donné pour sa seureté, je fus bien
aise de luy laisser encor quelque petit
sujet de crainte pour avoir lieu de la conduire chez Madame de Valfons. La Maîtresse de la maison la pria de demeurer ce
soir avec elle: mais Mariane ne le trouva
pas à propos, & je n'y aurois pas consen-
ty : car selon toutes les apparences,
j'avois raison de douter que cette Dame
n'eût quelque part au dessein du Comte.

de Boiſſy, avec lequel nous ſçavions déja qu'elle avoit de grandes liaiſons : l'a-
vois envoyé chez pluſieurs de mes amis
pour avoir de l'eſcorte ; auſſi toſt que je
ſçeus qu'elle étoit arrivée, Mariane prit
congé de la Dame & ſe retira. Puiſque
vous m'avez garantie du peril, me dit-
elle en entrant dans ſon carroſſe, vou-
lez-vous bien m'épargner la peur, que
je ne pourrois éviter pendant le chemin,
que nous avons à faire, & me conduire
chez ma tante. Ie ne luy repartis que
par une profonde reverence, & je l'ac-
compagnay avec le Chevalier du Bélay. Monſieur & Madame de Valfons furent fort étonnez de ce qui avoit penſé
arriver à leur Niêce, ils m'en témoi-
gnerent tant de reconnoiſſance, que
quand Mariane ne m'àuroit pas permis
de la revoir, ſa tante m'en pria avec tant
d'inſtance, que je n'aurois pû m'en dé-
fendre. I'ay veſcu depuis ce temps-là,
pourſuivit Bonneval, avec plus de repos que je n'en avois eu depuis la naiſ-
ſance de ma paſſion ; & quoy que
je ſçache bien qu'elle n'eſt pas reconnuë,
je ne perds point l'eſperance d'être aimé.
Voila, dit le Marquis de Bonneval, ce

que vous avez voulu apprendre de moy.
Et voila, reprit le Comte de Graville,
le commencement de vos mal-heurs, &
la fin des plaisirs innocens que nous goû-
tions dans nôtre amitié ; vous ne con-
noissiez que les maux de l'absence que
l'aise du retour vous faisoit facilement
oublier. Croyez-moy, l'Amour vous
en prepare d'autres ; vous ne chantez
encor que ces loüanges ; mais je vous
entendray dire quelque jour sur un autre ton :

L'Amour n'a jamais eu des plaisirs veri-
tables,
De ces chers favoris il fait des miserab-
bles ;
Et le plus satisfait d'entre tous les Amans.
A bien de mauvais jours & peu d'heureux
momens.

Ah ! cruel amy, disoit Bonneval, ne
faites point une si fâcheuse prophetie
pour mon repos ; n'êtes vous pas assez
vangé par ce que j'ay souffert, sans me
faire voir dans l'avenir dequoy me tour-
menter. Ie vous prie, poursuivit-il, laissez-
moy dire tous les momens de ma vie,
Ouy, l'amour est un mal, mais c'est un mal
aymable.

Et qui n'en conçoit point le désordre agréa-
ble,
Ignore des plaisirs les plus tendres douceurs,
Et vit dans un printemps & sans roses &
sans fleurs.

Aprés cela, mon cher Marquis, il faut
que je vous die que je fais un grand fond
sur vôtre amitié, & voyez ce que j'en
exige : je veux que vous entriez en nôtre
société, Lucie & Eulalie ont assez de merite pour vous attacher à les servir, & je
vous solliciteray d'aymer l'une ou l'autre
avec le même empressement que je vous
aurois conseillé autrefois de les éviter.
Aymez donc mon cher Graville, je vous
en conjure, & servez-vous de cet esprit
insinuant que vous possedez si bien pour
devenir l'amy de ma maîtresse, & l'amant
de sa parente ou de son amie ; c'est le
seul moyen que je trouve pour conserver nôtre union, & pour ne nous sepa-
rer jamais. Pensez-vous bien, mon
cher Bonneval, à ce que vous voulez,
repliqua Graville, ce Portrait est beau,
l'Original sçait parler ; j'ayme la difficul-
té. Encor une fois, Marquis, prenez
garde qu'en me priant de devenir l'amy
de Mariane, je ne devienne son amant ;
l'Amour

l'Amour fait quelquefois des coups plus
bizarres que celuy-cy. Quelque grande
que soit la beauté de Mariane, repartit
Bonneval, vous avez de l'honneur, &
vous êtes mon amy ; ainsi quelque pen-
chant que j'aye à la jalousie, je me tiens à
couvert du soupçon que je pourrois prendre de vous. Puisque vous ne craignez
rien de la foiblesse de mon cœur, repartit
Graville, je veux tout ce que vous voulez, & dés aujourd'huy je vous prie de
me presenter à Mariane. Je luy ay déja
fait sçavoir, reprit Bonneval, que vous
estiez icy, & je sçay que sa parente & elle
ont bien de l'impatience de vous voir.
Ces deux amis n'eurent pas plûtôt achevé
de dîner, qu'ils allerent ensemble chez
Madame de Valfons ; ils demeurerent peu
dans son appartement, & passant dans
celuy de Mariane, ils la trouverent dans
un habit de petit deüil extrémement propre ; il étoit de toile d'argent blanche
chamarrée d'hermines, avec des agréé-
mens de jaiz. Elle n'avoit qu'une gaze au
tour de la gorge, rattachée de plusieurs
rubans de crêpe & argent. Sa cœffure,
quoyqu'un peu negligée, ne laissoit pas
d'être de bon air. Bonneval luy presenta

D

fon amy, auffi bien qu'à fa parente & fon
amie. Il parla peu ce jour-là, mais il re-
garda beaucoup ; & fes yeux furent fi
occupez, que fa langue en eut moins de
facilité à s'exprimer. Ce filence ne fit
point toutefois un méchant effet ; & ces
belles perfonnes fçachant bien le danger
qu'il y a de hazarder trop dans les pre-
mieres veuës, attribuerent à la pruden-
ce de Graville, ce qui n'étoit qu'un effet
de l'admiration qu'il avoit euë pour la
beauté de Mariane. Aprés une vifite affez courte, ces deux amys fe retirerent.
Lorfque Bonneval fut en lieu où il pût
parler librement ; Hé bien, dit-il, au
Comte de Graville, que dites-vous du
choix de mon cœur. Elle eft belle, repartit le Comte, elle eft fpirituelle, elle
eft douce, elle n'aime rien ; & tout autre que vous auroit fans doute fait ce
que vous avez fait. Le Marquis de Bonneval eût de la joye d'entendre loüer fa
Maîtreffe par fon amy, & n'en prit point
d'ombrage, parce que les loüanges qu'il
luy donna n'étoient pas exceffives. Le
Comte & le Marquis reprirent leur ancienne maniere de vivre ; leurs maifons
étoient voifines, & bien fouvent ils n'en

occupoient qu'une. Cependant Monsieur
de Valfons poursuivoit le Comte de Bois-
fy avec tant de vigueur, qu'il l'auroit
peut-être fait perir, si des amis communs
n'eussent accordé cette affaire, à condition qu'il renonceroit hautement aux
desseins qu'il avoit pour Mariane. Monsieur de Valfons prit en même temps réso-
lution de la marier pour la mettre à couvert de pareilles entreprises. Il eut sou-
haité que Bonneval, qui la voyoit tous
les jours, eût découvert ses intentions; &
quoy qu'il ne l'eût pas consultée sur la
réponse qu'il devoit faire, il étoit resolu
de l'accorder, sans même qu'elle y donnât
son consentement, Bonneval ayant de la
qualité & du bien pour pretendre à cet
avantage. Mais comme il ne s'étoit pas
encor expliqué, Monsieur de Valfons
attendoit une occasion où il pût faire
paroître son dessein, sans commettre les
interests de sa niepce. Bonneval avoit
lieu d'être content; & si son amour eût
pû se satisfaire de bien de la civilité & de
la douceur, Mariane en avoit beaucoup
pour luy, mais elle ne luy laissoit ny le
temps ny la liberté de luy parler; il la
voyoit tous les jours, & Graville assez

souvent , pour ressentir les effets inévitables de sa beauté ; plus l'amour faisoit de progrez dans son cœur , plus l'amitié y devenoit foible & languissante. Bonneval qui étoit d'un naturel jaloux , avoit observé que Graville regardoit Mariane avec une certaine application qu'on n'a point pour les personnes indifferentes. Voulant un jour pressentir Graville sur ses sentimens. J'admire , luy disoit-il , l'obstination de Mariane à ne rien aimer , & je ne sçaurois comprendre qu'étant bonne & tendre pour ses amis , elle soit si cruelle pour ses Amans. Croyez-moy , mon cher Bonneval , dit Graville , elle conserve ce feu dans son cœur , mais quelque merite que vous ayez , je vois bien que vous n'en sentirez point l'agréable chaleur , & je prevoy que vous serez consommé du feu qui vous brûle, & ne serez point échauffé du sien. Il pourroit bien encore arriver , continua Graville , que ce que vos soins & vôtre tendresse n'ont pû faire , l'amour seul le fera sans le secours de tous les avantages que vous avez. Pour moy , continua Graville avec un sourry affecté , je prendrois un fort grand plaisir à tenter ce ha-

zard : car pour n'être pas le plus aymable , il ne seroit pas impossible que je ne
fusse le plus heureux. Mais vous ne craignez rien , mon cher Bonneval , & nôtre amitié vous met à couvert de cette
concurrence. Quoy que ce discours ne
fût en apparence qu'une raillerie , Bonneval fit reflexion sur ce que Graville luy
disoit . d'ailleurs le peu d'empressement
qu'il témoignoit pour Eulalie & pour
Lucie , & la continuelle application avec
laquelle il regardoit Mariane , furent le
fondement de sa jalousie. L'amitié qui
avoit été jusques icy entre Bonneval &
Graville , les avoit obligez à ne se point
quitter : mais la jalousie depuis ce temps-
là les força à obseder si fortement , qu'ils
ne se separoient plus : car il n'est rien de
si doux à un amant soupçonneux , que de
sçavoir toutes les démarches de son Rival. Comme le Comte de Graville avoit
infiniment de l'esprit & de l'agréement
dans toutes les manieres , il s'acquit non
seulement l'amitié de Monsieur & de Madame de Valfons ; mais il avoit beaucoup de part en celle de Mariane , de sa
parente , & de son amye ; & Bonneval
portoit bien autant d'envie pour l'estime

qu'on avoit pour le merite de Graville,
qu'il avoit de la jalousie pour son amour.
Il se repentit mille fois de l'avoir intro-
duit chez sa Maîtresse; toutefois ne pouvant faire que ce qui étoit fait ne le fût
pas, l'amour, le dépit, & la jalousie,
luy firent prendre une resolution aussi in-
juste qu'étrange. Vn jour que Monsieur
& Madame de Valfons, leur niepce, &
leur fille, étoient allez à une belle maison qu'ils avoient aux portes de Paris,
Bonneval & Graville les y allerent voir
ensemble. Monsieur de Valfons ayant à
entretenir le Comte de Graville, le fit
entrer dans le jardin; Pour Bonneval,
il alla droit à la chambre, où il sçavoit
bien qu'il la trouveroit seule : car ses parentes étoient allées faire quelques visi-
tes où elle s'étoit dispensée d'aller. Il ne
fut pas long temps sans tomber, sur le
chapitre de Graville. Hé bien ! Mademoiselle, luy dit-il, puis-je vous demander si le Comte de Graville a soûte-
nu tout le bien que je vous avois dit de
luy. Ie n'ay pas accoûtumé, repliqua
Mariane, de juger du merite des gens en
si peu de temps, & j'en prens un peu davantage pour sçavoir à quoy m'en tenir :

Mais s'il m'est permis, continua-t'elle,
de determiner mon jugement sur les apparences, le Comte de Graville merite
d'être vôtre amy. Helas! Mademoiselle, reprit Bonneval avec vne precipitation, & avec une douleur qui paroissoit
sincere : Que ces apparences sont trom-
peuses, & qu'il y a de difference entre
cét amy, tel qu'il me quitta il y a huit
mois & Graville, tel qu'il est revenu; &
enfin que j'ay de regret de vous avoir fait
connoître un homme si peu semblable au
caractere que je luy avois donné: Car enfin, Mademoiselle, au lieu de retrouver
en luy cét amy sincere, discret & sage,
je n'y vois plus que des defauts opposés
aux vertus dont il faisoit profession. Ie
vous suis bien obligée, repliqua Mariane, de l'avis que vous me donnez, &
j'en profiterois dés aujourd'huy, n'étoit
que je suis fortement persuadée qu'il ne
faut pas decider legerement sur de pareilles matieres; & vous trouverez bon
que si je n'entreprens pas de justifier le
Comte de Graville des defauts que vous
luy imputez, je ne le condamne pas
aussi : Car il pourroit étre, poursuivit Mariane, que comme vous croyez

D iiij

vous être trompé, & aprés une si longue connoissance, je me tromperois à mon tour, si i'en iugeois sur ce que vous me venez de dire; ainsi ie vous conseille de laisser agir le temps & ma raison; le premier empêchera que l'autre ne m'abuse. Ah ! mademoiselle, reprit-il, vous êtes trop iudicieuse de la moitié pour les interests de Graville ; & ie suis bien mal-heureux, que vous n'ayez pas assez de confiance en moy pour suivre un conseil qui vous importe de tout vôtre repos : mais si ce que ie vous ay dit ne suffit pas pour vous obliger à ne le plus voir, peut-être aurez-vous moins de peine à vous y resoudre quand vous apprendrez qu'il est amoureux de vous ; Il vous le dira sans doute, & ie seray au desespoir d'être la cause innocente du chagrin que vous en aurez. Mariane s'apperceut qu'il entroit dans les conseils que Bonneval luy donnoit, pour le moins autant de ialousie pour son rival, que de consideration pour ses interests ; aussi ne s'y laissa-t'elle pas seduire. Pendant que Bonneval luy tenoit ce discours, Graville écoutoit avec bien de l'impatience, celuy de monsieur de Valfons, qui luy

fit un long dénombrement des obliga-
tions que sa Niece avoit à bonneval ; &
luy fit entendre qu'il n'auroit pas une
plus grande consolation en sa vieillesse,
que de voir reüssir cette alliance ; mais
que la voyant fort éloignée d'accepter
aucun party, il ne vouloit pas forcer
ouvertement sa volonté, qu'auparavant
il ne l'eût fait pressentir par Eulalie. Cette conversation finit par l'arrivée de Mariane, qui proposa la promenade à bonneval, pour ne luy pas laisser la liberté de l'entretenir plus long-temps. Dans
ce temps-là Madame de Valfons & sa
fille arriverent, & furent fort aises de
trouver si bonne compagnie chez elles :
mais bonneval avoit l'esprit si inquiet,
qu'il n'y put demeurer davantage. Graville de son côté qui n'étoit pas plus
tranquile ; car le discours de Monsieur
de Valfons luy donnoit un chagrin extrême ; toutefois le desordre de ces deux
Amans n'étoit rien en comparaison de
l'état où Mariane se trouvoit. L'entretien qu'elle venoit d'avoir avec bonneval, luy donnoit lieu de resver ; le mal
qu'il luy avoit dit de Graville avoit fait
si peu d'impression sur son esprit, qu'el-

Ie n'y pensa pas ; mais elle se souvint sans
colere que Bonneval luy avoit dit que le
Comte étoit amoureux d'elle. Sa severité vouloit qu'elle s'en fâcha : mais je ne
sçay quoy qu'elle ne connoissoit pas
adoucissoit le premier mouvement ; &
faisant qu'elle n'étoit point fâchée d'a-
voir touché le cœur de Graville , une
douce langueur qui s'empara de son ame
la rendit melancolique sans sujet , & luy
faisoit éviter tous les plaisirs pour chercher la solitude. Sa tante croyant que
cette tristesse venoit du sejour de la campagne , en partit , & ramena Mariane à
Paris , où elle ne reprit pas sa gayeté ordinaire. Cependant l'amour de Graville augmentoit tous les jours , & devint
si violent , qu'il luy étoit impossible de
la cacher. Ce n'est pas qu'il ne fit beaucoup de scrupule de devenir le rival de
son ami : mais comme il étoit persuadé
que les impressions d'amour ne dépen-
dent point de nôtre volonté , il s'excu-
soit à luy-même sur cette fatalité inévitable qui dispose souverainement de nos
cœurs sans nôtre consentement. Il eut
plusieurs entretiens avec Bonneval , où il
ne prit nul soin de cacher ses sentimens à

cét Amant jaloux, qui s'en fit un sujet d'é-
crire ce billet à Mariane.

Le Marquis de Bonneval à Mariane.

QVoy! Mademoiselle, vous sçavez que
le Comte de Graville est amoureux
de vous : Ie vous ay dit qu'il est indiscret,
qu'il n'a point de sincerité, & vous ne le
bannissez pas. Ah ! que ie suis mal-heureux, que vous ne fassiez pas les loix égales entre nous. Ie sçay qu'il ne vous aime
que pour tenter la gloire de vaincre vôtre
fierté ; & moy ie ne vous aime que pour
vous même, & parce que vous êtes la plus
aimable personne du monde.

Bonneval achevoit à peine d'écrire ces
paroles, que plusieurs de ses amis entrerent ; & comme les gens de la Cour ont
une curiosité pressante qui auroit emba-
rassé Bonneval, il ne cacheta point ce
papier, & se contenta de le donner se-
crettement à un Laquais, avec ordre
de ne le donner qu'à Mariane en main
propre. Mais ce Laquais ayant rencon-
tré Graville, & ne croyant pas que son
maître eût rien de caché pour luy, il ne
luy fit pas de mystere ny de sa commis-

fion ny du billet. Graville le leut avec les sentimens qu'on peut aisément s'imaginer. Ie vous promets, dit-il au Laquais, de ne point dire à Bonneval que vous m'ayez monstré cette Lettre : car il ne seroit pas content que je l'eusse veuë, & vous en puniroit sans doute bien rudement : mais si vous m'apportez la réponse, je vous promets encor une recompense considerable. Il n'est pas difficile de corrompre la fidelité de pareilles gens, & le Comte de Graville n'eût que la peine d'attendre une demie heure chez un de ses amis, que le Laquais luy apporta cette Lettre.

Mariane au Marquis de Bonneval.

Qvand ie vous ay banny, i'avois sujet de me plaindre de vous, & vostre Billet vous met encor en état d'éprouver ma colère : Mais à mon avis, i'ay d'autres voyes de vous punir, qui seront peut-être plus rigoureuses pour vous que le bannissement : & pour commencer la punition, ie vous declare que ie ne crois rien de tout ce que vous m'avez dit du Comte de Graville, & ie ne sçay pourquoy vous voulez que les

loix

*loix soient égales entre vous , puisqu'il
ne m'a jamais rien dit qui me puisse offen-
cer.*

Rien ne pût égaler la joye que Graville reçeut en lisant cette réponse, & rien
aussi n'est comparable au dépit qu'il eût
contre Bonneval. Il le nomma cent fois
perfide, & s'accusa de peu de discernement d'avoir aimé un homme qui étoit
capable d'une si grande lâcheté. Son courage le portoit à se vanger sur l'heure
de l'outrage qu'il recevoit ; mais le respect qu'il avoit pour Mariane , & les
interests de son amour , l'empêcherent
d'éclater dans ce temps-là. Il fit dessein
de se servir aussi-bien que Bonneval
des voyes indirectes pour le traverser ;
Bonneval de son côté ne fut pas trop
satisfait de la réponse de Mariane. Voyant
donc qu'il n'étoit pas assez fort pour
venir seul à bout de détruire Graville, il dit à Lucie & à Eulalie les mêmes choses qu'il avoit dites à Mariane : la
premiere, qui étoit de plus long-temps
dans les interests de Bonneval , fut plus
facile à persuader ; mais Eulalie con-
noissant les motifs qui le faisoient agir ,
bien loin de l'en croire , se determina à

E

servir le Comte de Graville auprés de
son amie : car elle s'étoit bien apperceuë
qu'il l'aimoit. Bonneval voyant ces belles personnes ainsi partagées , ne poussa
pas la confidence plus loin ; il attendit
une occasion pour parler à Lucie en particulier ; ce fut dés le même jour , il la
trouva fort disposée à luy rendre de bons
offices ; il la pria de tâter encor le cœur
de sa belle parente , pour sçavoir en quelle situation il étoit pour luy ; & quoy
qu'elle luy eût toûjours dit qu'il falloit la gagner avant que de prendre d'autres mesures , elle luy conseilla de sonder
les sentimens de Monsieur & de Madame
de Valfons , & les engager à luy être fa-
vorables. Il ne pouvoit choisir une confidente plus interessée à le servir utile-
ment : car la beauté , le merite , & le
bien de Mariane n'étoient pas un petit
obstacle à l'établissement de Lucie ; &
toutes ces choses faisoient naître en elle
beaucoup d'envie contre sa parente. Ils
conclurent aussi qu'ils ne devoient laisser
au Comte de Graville aucune occasion
d'entretenir Mariane. Il se chargea d'obseder son Rival , & laissa le soin à Lucie
de ne pas quitter sa Maîtresse. Ce fut

pour eux une precaution inutile : car dans
le même temps qu'ils prenoient de fausses
mesures pour les empêcher de se parler,
Graville en prit de si justes, que non
seulement il luy parla, mais il fut écouté.
Madame de Valfons joüoit, & Mariane
étoit appliquée à faire un Ouvrage de
Poinct d'Espagne lors que Graville entra;
& la voyant seule auprés d'une fenestre,
il s'approcha d'elle. Quoy ! Mademoiselle,
luy dit-il, point de Bonneval, point de
parente, ny point d'amie auprés de vous;
cette nouveauté me surprend. Ie seray si
peu dans cette compagnie, repartit Mariane, que vôtre étonnement ne durera
gueres. Permettez moy donc, Mademoiselle, répliqua Graville, de me servir de
ce moment pour me justifier d'une partie
des choses qu'on vous a dites de moy :
car, adjoûta-t'il, je ne voudrois pas dis-
convenir de tout. Mariane fut fort éton-
née d'entendre parler le Comte de Graville de cette sorte, ne pouvant comprendre par quelle voye il pouvoit avoir
appris ce qu'on luy avoit dit de luy. Ie
vous asseure, luy dit-elle, qu'on ne m'a
rien dit de vous qui puisse obliger à re-
courir à la justification. Ie ne connois

pourſuivit-elle, que de vos amis. Il eſt
vray, interrompit Graville, que je devrois
eſtre à couvert de la calomnie de ce côté
là : mais ces amis dont vous parlez, ont
ceſſé de l'être depuis qu'ils ont connû
que je vous vois avec les mêmes yeux
qu'ils vous voyent, & que je vous ayme,
je ne dis pas avec le même cœur, mais
avec un cœur tendre, reſpectueux, &
ſincere. Ne vous offenſez pas, Mademoi-
ſelle, continua-t'il, je ne vous en parleray de ma vie ; & je ne vous l'aurois
jamais dit, ſi je ne ſçavois que Bonneval
vous a appris cette ſeule verité entre pluſieurs menſonges, avec leſquels il m'a
voulu noircir auprés de vous. Si ce que
vous me dites, répliqua froidement Mariane, eſt une verité, permettez moy de
le traiter en menſonge ; je vous eſtime
aſſez pour ſouhaitter que s'en ſoit un : car
je ſerois bien fâchée d'être obligée à en
uſer avec vous côme avec ceux qui m'ont
parlé à peu prez comme vous me parlez.
Ie ſçay bien, répondit Graville, que
Bonneval voudroit que vous fiſſiez les
loix égales entre nous, & qu'il conſentira
volontiers à ne vous point voir, pourveu
que je ne vous voye point. Pour moy,

Mademoiselle, je ne veux que ce que vous
voulez ; & quelque peine que j'aye à
subir le cruel arrest de mon bannissement, le plaisir de vous obeïr me con-
solera de toutes mes souffrances. Au reste, je veux encor vous donner une
preuve de ma soûmission ; Monsieur de
Valfons s'interesse si entierement au bon-
heur de Bonneval, qu'il a dessein de
vous obliger à l'épouser. Voyez, Mademoiselle, poursuivit Graville, si vos
sentimens sont conformes à ceux de Monsieur vôtre Oncle ; si cela est, je veux
bien sacrifier tout le repos de ma vie à
vôtre satisfaction, & travailler à ma
propre ruine, en ménageant une chose
dont la conclusion sera sans doute le
commencement de mon desespoir. Vous
me dites tant de choses fâcheuses à la
fois, repartit Mariane, que je ne sçaurois répondre aux unes avec assez d'ai-
greur, & aux autres avec assez de mode-
ration: il me reste toutefois assez de liberté d'esprit pour vous conjurer de ne rien
dire au Marquis de Bonneval des desseins
de mon Oncle, & d'employer toute
vôtre addresse pour m'épargner la peine
d'un refus qui seroit fâcheux pour vôtre
E iij

amy , & qui me coûteroit à prononcer.
Ie feray ce que vous m'ordonnez , repliqua Graville ; auſſi bien Bonneval ne
merite-t'il pas l'honneur qu'on luy deſti-
noit, En achevant ces paroles , Lucie
& Bonneval entrerent , & peu aprés
Eulalie. Les deux Rivaux obſerverent
les mouvemens de leurs viſages , pour
découvrir en quelle aſſiette étoit leur
eſprit : Ils ſe parurent ſi contens , que
chacun d'eux en eût du chagrin. Comme ils ſe retiroient le ſoir , ils furent at-
taqués de cinq ou ſix hommes qui fai-
ſoient bien voir qu'ils n'en vouloient
qu'au Marquis de Bonneval ; un ſeul
combattoit contre Graville , plûtôt à
deſſein de l'amuſer , que pour luy faire
mal : Mais Graville s'étant apperçeu de
ſon intention , preſſa ſon ennemy de ſorte , qu'il le mit hors de combat , & ne
reçeut qu'une legere bleſſure au bras. Il
courut où étoit Bonneval , & y arriva ſi
heureuſement , qu'il luy ſauva la vie ,
que les aſſaſſins luy alloient infailliblement ôter. En l'état où étoit alors l'eſprit
de Bonneval , je ne doute pas qu'il n'eût
mieux aymé la perdre , que de la devoir
à ſon Rival. Le ſentiment ne parut tou-

téfois point en luy dans ce moment ; &
il receut le fecours de Graville, comme
il le devoit en apparence. On courut en
vain aprés ces miferables ; on ne les
pût joindre, non plus que le cocher ; &
les Laquais de Bonneval & de Graville,
que la peur avoit fait fuir quand on avoit
attaqué leurs maîtres ; Bonneval fut
bleffé à la cuiffe d'une playe qui n'étoit
pas mortelle, mais qui le mettoit en
hazard d'être eftropié. Le bruit de cette
action fe répandit bien-tôt par toute la
Ville. On jugea d'abord que le Comte
de Boiffy en étoit l'autheur ; mais quelque foin qu'on prît de le découvrir, il
n'en pût étre convaincu. Monfieur de
Valfons & fa Famille le vouloient encor
plus fortement que tout le refte du monde, & s'efforçoient de perfuader à leur
Nièce qu'elle en devoit tenir compte à
Bonneval. Elle fe plaignit autant qu'elle le devoit : mais elle ne jugea pas qu'elle l'en dût recompenfer par elle-même.
Elle eut plufieurs entretiens avec Lucie,
qui n'avancerent pas les affaires de Bonneval, & ne fervirent qu'à aigrir l'efprit
de Mariane contre fa parente, qui pre-
noit le party de Bonneval avec trop

E iiij

d'empreſſement. Eulalie prît celuy de la
raiſon ; & quoy que Monſieur de Valfons l'eût priée de perſuader ſon amye
en faveur de Bonneval, elle ne ſe chargea point d'une ſi dangereuſe commiſ-
ſion. Elle luy conſeilla bien de garder
toûjours avec luy de grandes meſures
d'honnêteté ; mais elle ne fut jamais d'a-
vis qu'elle ſe donnât pour payement des
ſervices qu'elle en avoit receû. Mariane
ſe plaignant un jour de la perſecution
qu'elle recevoit de ſa famille pour épou-
ſer Bonneval. En verité, diſoit-elle à
ſon amye, j'avois toûjours crû que la
reconnoiſſance avoit ſes bornes, comme toutes vertus ; mais on n'en met
point à celle que je dois au Marquis de
Bonneval ; & s'il falloit payer tous les
ſervices qu'on reçoit au prix que l'on
m'impoſe, il n'eſt point de mal-heur que
je n'aymaſſe mieux eſſuyer, que d'être
obligée à les recompenſer en me donnant
moy-même. Conſolez-vous, reprit Eulalie, tout le monde n'eſt pas ſi exact que
vôtre Oncle ; & perſonne ne voudra
que vous épouſiez Bonneval, ſi vous ne
l'aymez pas. Si c'eſt un devoir pour
vous de reconnoître les ſervices qu'on

vous rend, ce méme devoir vous
deffend d'époufer un homme que vous
ne pouvez aymer. J'avouë, dit Mariane, que le Marquis de Bonneval a
du merite, qu'il a de l'efprit, & que je luy
fuis obligée par tous les bons offices que
j'en ay receus ; mais j'avouë encor que
quand je ferois née avec un cœur aufli
fenfible que le mien eft éloigné de cette
foibleffe, mon choix ne tomberoit jamais
fur Bonneval. Le plus grand merite, repartit Eulalie, n'eft pas toûjours le plus
touchant ; & il eft une certaine fimpathie
fans laquelle il réüffit rarement. Et s'il
m'étoit permis, continua-t-elle, de vous
dire ce que je penfe, n'eft-il pas vray que
fi le Comte de Graville vous avoit rendu
les mémes fervices que le Marquis de
Bonneval vous a rendus, & fi on exigeoit
de vous en fa faveur ce qu'on veut que
vous faffiez pour l'autre ; N'eft-il pas
vray, ma chere Mariane, que vous vous
y refoudriez avec moins de peine. Vous
étes un peu trop preffante, répliqua Mariane, & vous meriteriez bien que je ne
vous répondiffe pas precisément : mais
comme la diffimulation eft un grand crime
entre ceux qui s'aiment, je veux bien

vous avoüer ce qui se passe dans mon
cœur. Ie vous diray donc que Bonneval
par un motif qui m'étoit inconnu, me dit
il y a quelque temps des choses si avanta-
geuses de Graville, que j'en fus surprise,
& ne pûs comprendre qu'apres avoir passé
la meilleure partie de sa vie avec tant
d'estime & d'amitié pour un homme, il
pût s'en dédire en si peu de temps, & le
noircir de tant de défauts; mais par la
suite je connus bien que c'étoit par un
sentiment interessé qu'il me parloit de la
sorte. Sur cela Mariane redit à Eulalie
tout ce qui s'étoit passé dans l'entretien
qu'elle avoit eu avec Bonneval à la campagne, & ensuite la surprise que Graville
avoit fait au billet de Bonneval, & tout
ce que Graville luy avoit dit de sa passion
& la priere qu'elle luy avoit faite de traverser adroitement les intentions de son
Oncle, & les desseins de Bonneval. Dans
tout ce recit, Mariane exageroit sans y
penser la maniere honnête & des-interessé
avec laquelle Graville luy avoit parlé.
Ne vous a-t'il pas dit, interrompit Eulalie, qu'il vous aymoit. Il me l'a di
asseurément, repartit Mariane. Et vou
ne luy avez pas défendu de vous voir

repliqua Eulalie; Ah ! vous l'aimez, pour-
fuivit-elle; vous êtes melancolique depuis
quelque temps, vous ne fçauriez fouffrir Bonneval ; vous aimez, encor une
fois ; vous fçavez qu'il eft amoureux de
vous; il vous le dit ; & bien loin de rompre avec luy, vous l'engagez à vous fer-
vir contre fon Rival, Ie ne pretends pas
vous quitter, que vous ne m'ayez avoüé
cette verité. Ie ne fçay pas encor fi j'ayme,
répondit Mariane en rougiffant ; car je ne
fçay ce que c'eft que l'Amour ; mais je
fçay bien que je ne ferois pas fâchée que
Graville m'aymât. Ie fuis fatisfaite de cét
aveu, répartit Eulalie ; & pour payer le
fecret par un autre, je vous veux bien
dire ce que je fçay de vos affaires. Alors
Eulalie dit à Mariane ce que Bonneval luy
avoit voulu perfuader au defavantage de
Graville, & ce que Monfieur de Valfons
l'avoit priée de luy dire en faveur de Bonneval. Comme il n'eft rien qui excite tant
la haine, que la contradiction dans nos
fentimens, il n'y a rien auffi qui concilie
fi fortement l'amitié, que la complaifance
pour nos volontez. Celle qu'Eulalie avoit
pour les inclinations de Mariane, luy attira
mille proteftations de tendreffes, & obli-

gea cette belle fille à luy ouvrir fon cœur,
& luy laiffer voir le progrez que l'amour
commençoit d'y faire, elles croyoient être
feules & fe communiquoient leur penfée
avec toute la liberté qu'une amitié fincere peut infpirer ; mais quand il plait à
l'Amour favorifer un Amant , la plus
petite conjoncture eft un grand pas pour
fa felicité. Comme Graville n'avoit reçû
qu'une legere bleffure au bras , il n'en
garda pas la chambre ; & quoy que Bonneval fe fervift du pretexte de fa fanté
pour l'obliger à n'en pas fortir, Graville
ne le crût point ; & fans en parler à Bonneval, il alla chez Madame de Valfons ,
où ne l'ayant pas trouvée , il entra dans
l'antichambre de Mariane , fans être veu
de perfonne , & il y entra fi jufte , qu'il
entendit qu'Eulalie prononçoit le nom
de Graville. La curiofité, qui eft naturelle
à tout le monde , & particulierement aux
Amans, obligea Graville à prêter l'oreille,
& il entendit le glorieux aveu que Mariane faifoit en fa faveur. Le plaifir d'être
diftingué de tant d'honnêtes gens , & de
n'être pas hay , luy caufa un fi gran
transport de joye, que fa bleffure fe rou
vrit, & il avoit déja perdu beaucoup d
                                    fang

sang, quand une fille qui servoit Mariane, entra par hazard dans cette antichambre : Elle fit un si grand cry voyant
Graville en cét état, que Mariane &
Eulalie sortirent à ce bruit. Il est aisé de
comprendre quel fut leur étonnement de
voir Graville si prez d'elles, dans un
temps où elles le croyoient si éloigné,
& de le voir tout baigné dans son sang,
& dans une foiblesse dont on eut bien de
la peine à le faire revenir, aussi bien
qu'à étancher son sang. On le mit au lict,
n'étant pas en état d'être transporté ; car
la fiévre le prît avec tant de violence,
qu'on avoit sujet de craindre pour sa vie.
Celle de Bonneval n'êtoit pas plus asseu-
rée : car ayant sçeu que le Comte de
Graville étoit sorty, & jugeant bien qu'il
avoit été voir Mariane, la jalousie avoit
fait de si violens effets dans son ame,
que la fiévre l'avoit pris & jetté dans un
delire dont on ne pensoit pas qu'il pût
revenir ; Monsieur de Valfons & sa fille obligerent Mariane à visiter ce mal-
heureux. Si c'étoit quelque chose de
touchant de le voir dans de si grandes
souffrances : c'étoit aussi quelque chose de plaisant de l'entendre ; l'amour &

F

la jalousie l'occupoient si fortement,
qu'elles produisoient un continuel éga-
rement dans son esprit ; Il ne connut
point Mariane , quoy que dans sa rê-
verie il crût souvent parler à elle. Enfin
l'ardeur de sa fiévre ayant un peu dimi-
nüé , il demanda où étoit Graville ; Ceux
qui étoient auprez de luy , luy ayans dit
l'accident qui luy étoit arrivé , il revint
à luy , & parut beaucoup plus en repos ;
car il ne sçavoit pas que Graville étoit
demeuré chez Monsieur de Valfons. Mariane étoit sensiblement touchée du mal
du Comte de Graville ; mais le rétablissement de sa santé la consola en peu de
temps ; car la jeunesse, la force de son
temperament ; & plus que tout cela,
l'agreable assiette dans laquelle étoit son
esprit, le mirent en peu de jours en état
de quitter le lict & la chambre. Lucie
avoit si fort observé sa parente, qu'elle
n'avoit pû visiter son Amant sans être
accompagnée de gens qui luy étoient
suspects : Et comme si ce n'étoit pas
assez de chagrin de vivre en cette contrainte : cette artificieuse Parente luy
vint proposer de la part de son Pere
d'épouser Bonneval ; mais le refus de

Mariane n'ayant pas rebuté Monsieur de
Valfons, il y vint luy-même, & luy en
parla avec un peu plus d'authorité qu'un
tuteur n'en doit prendre sur une pupille
telle que Mariane. Comme elle sçavoit
parfaitement à quoy son devoir l'enga-
geoit, elle luy répondit aussi avec allez
de fermeté, qu'elle n'étoit pas resolue à
s'engager si fort dans le mariage, &
qu'elle le prioit de n'y plus penser. Aprés
bien de raisonnemens inutiles de Monsieur de Valfons, il se retira, & laissa Lucie pour vaincre, si elle pouvoit, l'obstination de Mariane. Ces deux belles personnes ayant des sentimens si opposez,
se broüillerent, & furent quelques jours
sans se parler. Ce fût dans ce temps-
là, que Graville se trouvant assez de
santé, passa dans la chambre de Mariane; elle étoit seule, & repassoit
dans sa memoire le moment auquel il
étoit tombé en foiblesse: elle craignit
avec raison, qu'il n'eût écouté ce qu'Eulalie & elle avoient dit. Elle faisoit cette reflexion quand il parut devant elle.
Aprés avoir parlé de l'accident qui luy
étoit arrivé, elle tomba sur les égare-
mens de Bonneval. J'en fus touchée,

dit Mariane ; & si ma compassion l'a-
voit pû soulager , je n'aurois pas été
inutile à sa guerison. Ah ! Mademoiselle , reprit Graville , vous ne sçauriez
avoir eu si peu de pitié de luy que vous
ne me donniez beaucoup d'envie. Vou-
lez-vous bien , poursuivit-il , que je
croye que Bonnéval & moy avons par-
tagé vôtre compassion. Vous devez être
tous deux satisfaits des sentimens que j'ay
eu pour vos souffrances , reprit - elle ;
mais je vous prie ne m'obligez pas d'y
mettre une difference qui ne pût étre à
l'avantage de l'un , sans donner sujet de
plainte à l'autre. Expliquez vous , Mademoiselle , reprit Graville , & ne me
laissez point dans un si fâcheux doute :
Car si j'ay pensé à mourir de joye une
fois en ma vie , je mourrois infailliblement de douleur , si la preference n'étoit
pas de mon côté. Ces paroles ayant fait
comprendre à Mariane que Graville
avoit entendu celles qu'elle avoit dites
à Eulalie en sa faveur ; elle fût assez
long-temps sans pouvoir repartir ; son
cœur & son esprit contestoient à qui ré-
pondroit : mais enfin le cœur l'emporta , elle poussa un profond soûpir avant

que de permettre à fa bouche de prononcer fa réponfe. Ie vois bien, dit-elle au Comte de Graville, que mon imprudence vous a rendu temeraire, & que vous avez entendu ce que vous n'auriez jamais appris de mon confentement ; & je voudrois punir vôtre curiofité & vôtre hardieffe tout à la fois : mais je fens bien que l'offenfe & la punition retomberoient fur moy. Aprés cela ne me demandez plus vers qui a panché ma pitié, foyez feulement perfuadé que vous ne mourrez point de douleur tant qu'il fera en mon pouvoir de vous en garantir ; contentez-vous de ce que je vous dits : Et fi vous faites reflexion fur les fentimens que j'ay eu jufques icy, & fur ceux où je fuis prefentement ; vous aurez lieu d'être content de vous de me les avoir infpirez, & de moy de les avoir fuivis. C'eft trop, Mademoifelle, repartit Graville, je veux joüir des biens que l'Amour me prepare ; & je ne pourrois foûtenir ce que vous avez la bonté de me dire, fans mourir de plaifir. Aprés plufieurs affeurances d'une mutuelle affection, & d'une eternelle fidelité, Mariane informa Graville de la propo fition

qu'on luy faifoit d'époufer le Marquis de
Bonneval , & par quelle réponfe elle
s'étoit tirée de cette oppreffion. Elle fit
trouver bon à fon Amant , qu'Eulalie
entrât dans leur confidence , & tous
deux luy avoüerent la tendreffe qu'ils
avoient l'un pour l'autre. La froideur
qui étoit entre ces deux parentes , laiffoit une entiere liberté à Mariane d'entretenir Graville pendant deux jours
qu'il demeura dans la maifon où elle
étoit. Enfin il retourna à fon logis ; il
vifita Bonneval auffi-tôt qu'il fût arrivé. Ces deux Rivaux commencerent
leur entretien par des paroles affez froi-
des , quoy que fort civiles ; Graville ne
fçachant point que Bonneval eût ignoré
fon fejour chez Monfieur de Valfons,
n'en fit pas un myftere dans le recit qu'il
fit à Bonneval de l'accident qui luy étoit
arrivé. Ah ! je fuis perdu , s'écria Bonneval , Mariane vous a veu amoureux &
fouffrant ; la langueur qui paroiffoit fur
vôtre vifage , a paffé jufques dans fon
cœur , & la pitié a fans doute fait pour
vous ce que mon amour ny mes fervices
n'ont pû obtenir de cette Ingratte. Helas ! pourfuivoit-il avec un ton de voix

douloureux : Voyez , cruel amy, à
quel mal-heur je suis destiné : tout le
bon-heur de ma vie consistoit dans l'amitié que j'avois pour vous , dans l'amour
que j'avois pour Mariane , & c'est cette cruelle & vous qui me rendez le plus
mal-heureux de tous les hommes. Si
l'amour ou la fortune me devoient per-
secuter , que ne me laissoient-ils , ou
mon amy , pour me consoler , ou ma
Maîtresse pour me plaindre ? mais que
dis-je , les mêmes mains qui devoient
essuyer mes larmes , me portent le coup
mortel dans le cœur. Achevez , achevez , poursuivit encor Bonneval , ap-
prenez-moy toute mon infortune : dites-
moy que vous aimez , & que vous étes
aimé , & par la certitude de mon mal
guerissez-moy des cruels soupçons qui
troublent ma raison , & qui causent mon
desespoir. Quelque sujet que le Comte de Graville eût de se plaindre de Bonneval , il fut touché de l'entendre parler ainsi. Ne m'accusez point de vos
souffrances , luy dit Graville : j'aime
Mariane , il est vray ; mais est-on libre
de donner ou de refuser son cœur quand
l'amour l'ordonne , & ne sçavez-vous

F iiij

pas auſſi-bien que moy que l'heure de
mourir & celle d'aimer ſont également
marquées dans nôtre vie ? Si c'eſt donc
une neceſſité , de quelles armes voulez-
vous que je combatte pour m'oppoſer à
ce decret irrevocable. De l'honneur &
de l'amitié , repliqua le Marquis de Bonneval. Ie n'ay jamais peché , reprit le
Comte de Graville , contre le devoir
que l'un & l'autre me preſcrivent : Ne
vous ay-je pas objecté ce qui en pouvoit
arriver ? & n'ay-je pas refuſé d'entrer en
tiers dans vôtre confidence ? Pourquoy
avez-vous preſumé que mon cœur ne
pût être ſenſible au merite & à la beauté?
Vous me direz peut-être , que je devois
éviter le precipice , puiſque je me ſen-
tois en état d'y tomber : mais l'amour
ne laiſſe pas tous ces égarts ; & quand
on aime , l'abſence eſt le premier mal
qu'on doive redouter. Ie vous avouë
que le ſcrupule que je faiſois de devenir
vôtre Rival , ne m'a pas laiſſé goûter
avec plaiſir les doux momens d'une paſſion naiſſante : & quand l'eſperance d'ê-
tre aimé quelque jour , s'offroit à mon
imagination , je ſoûpirois & n'en étois
point touché. Puiſque mon amour ne

pouvoit être satisfait que par la ruine de
vôtre bon-heur, cette même consideration m'a retenu dans un devoir tres-seve-
re pour moy, & tres-obligeant pour
vous. Ie n'ay rien dit pour vous détruire : la calomnie & le mensonge n'ont
point entré dans mes projets, & je n'ay
opposé aux vôtres qu'un peu de merite
& beaucoup d'amour. Ces mots de calomnie & de mensonge exciterent le trou-
ble dans l'esprit de Bonneval ; il jugea
bien que Graville sçavoit qu'il s'étoit
voulu servir de ce biais pour le perdre
auprés de Mariane : mais par bon-heur
un de ses amis étant entré, il fit cesser un
discours dont la suite auroit fort emba-
rassé Bonneval. Quand il fut seul, il
fit apparemment de grandes reflexions
sur ce qu'il venoit d'entendre : mais
elles ne pouvoient être que bien cruel-
les. Il n'avoit pas lieu de douter que
Mariane n'eût fait voir sa Lettre au Comte de Graville. O ! quelle pensée pour
un Amant jaloux : ces inquietudes qui
devoient retarder sa guerison, l'avance-
ment & la passion de voir sa Maîtresse,
& l'accabler de reproches, firent un si
prompt effet, que quand on y pensoit le
D v

moins, il parut chez Madame de Valfons : Il n'y trouva que Lucie ; il luy
raconta ce qui s'étoit passé entre Graville & luy, & se plaignit à elle de ne l'a-
voir pas averty qu'il eût été tant de temps
dans la maison : mais elle l'en consola,
en l'asseurant qu'il n'en avoit pas été plus
heureux, & qu'il n'avoit veu qu'une
fois sa parente en particulier. Elle n'ou-
blia pas aussi à luy dire ce que l'on avoit
voulu ménager pour luy, & le peu d'apparence qu'elle voyoit à le voir jamais
heureux. Il fut touché de ce recit : mais
il conceut une joye maligne d'être en
état de troubler par sa presence les agrea-
bles momens que Mariane & le Comte
de Graville passoient ensemble. Bonneval redoubla donc son assiduité jusques à
l'obsession ; & comme tout ce qui contraint particulierement en amour devient
insupportable, il le devint si fort à Mariane, qu'elle aimoit mieux ne voir point
Graville, que d'être obligée à souffrir la
veuë de son Rival : Elle s'enfermoit souvent avec Eulalie, & preferoit le plaisir de s'entretenir de son Amant avec cette chere Confidente, à celuy de le voir
sans luy parler. Il y avoit quelques jours

qu'il ne l'avoit veuë, lors qu'elle receut
ce Billet.

Le Comte de Graville à Mariane.

PAsser trois jours sans vous voir, &
vous aimer autant que je vous ayme,
c'est un mal pour moy mille fois plus douloureux que la mort. Si vous partagiez mes
sentimens, vous abregeriez mon supplice,
& vous vous feriez un chemin à la liberté
par une forte resolution de rompre avec
Bonneval, & de me mettre en état de vous
voir toûjours. Pour vous y obliger, pen-
sez, s'il vous plaît, que vous vous êtes
engagée à ne permettre pas que ie meure de
douleur quand vous m'en pourrez garantir.

Mariane répondit à Graville, à peu
prés de cette sorte.

I'Ayme les plaisirs tranquiles, & ie
crains tout ce qui me donne du chagrin.
I'avouë que vôtre veuë m'est infiniment
agreable; mais quand ie songe qu'en vous

voyant, il faut voir Bonneval, & qu'en ce
rencontre ma peine & ma joye font inseparab-
bles, ie ne sçay quel party ie dois prendre,
& i'en ay un si cruel ennuy, que si ie puis
iuger du vôtre par celuy que ie sens, vous
estes sans doute fort à plaindre. Ie seray
visible auiourd'nuy, & si nous ne nous pou-
vons parler, croyez-en du moins ce que vous
en diront mes yeux.

Dans le même temps que Graville recevoit cette Lettre, Bonneval entra dans
la chambre: la precipitation avec laquelle
il la voulut cacher pour la sauver de la
veuë de son Rival, fit qu'en croyant la
mettre dans sa poche, elle tomba. Bonneval s'en étant apperçû, s'avança insen-
siblement jusqu'au lieu où elle étoit; puis
y laissant choir ses gands, il ramassa les
gands & la Lettre: Il fit sa visite fort
courte, & se retira dans son appartement.
Il n'y a que ceux qui connoissent les fu-
reurs de la jalousie, qui puissent juger du
terrible effet que la lecture de ce billet fit
dans le cœur du mal-heureux Bonneval.
Comme c'étoit le matin, il comprit bien
qu'il trouveroit Mariane seule, & sans
considerer si l'heure étoit indecente, ou
si elle ne l'étoit pas, il pria Monsieur de.
　　　　　　　　　　　　　Valfons

Valfons de le conduire dans la chambre
de fa Niêce , & de luy donner lieu de
l'entretenir : pour faire , difoit-il , un
dernier effort fur fa dureté. Monfieur
de Valfons fit volontiers ce que Bonneval
luy demandoit , & fe retira aprés l'avoir
laiffé auprez de Mariane. Vous étes toûjours environnée de tant de gens , Mademoifelle, luy dit-il , que j'ay pris cette
heure pour vous apprendre beaucoup de
chofes qui vous regardent , & fçavoir
de vous de certaines veritez , que je vous
demande avec le dernier empreffement. Si
j'ay à me plaindre de l'obfeffion de quel-
qu'un, repliqua Mariane, c'eft de celle que
vous me faites : & vôtre affiduité opiniâ-
tre me fait douter que vous ayez quelque
chofe à me dire que je ne fçache pas , ny
que vous ignoriez rien de ce que je fçay.
Ie veux , Mademoifelle , repartit Bonneval , que vous me faffiez un aveu fincere
des fentimens que vous avez pour Graville, & de ceux que vous avez pour moy.
Comme je fuis fort veritable , répondit
Mariane , je veux bien fatisfaire vôtre
curiofité , à condition pourtant que
ma fincerité fervira à vôtre repos & au
mien , & qu'étant fatisfait du party que

G

j'ay à vous propoſer, vous ne vous obſti-
nerez plus à vouloir de moy plus que je
ne puis. Ie vous diray donc que quand
vous demeureriez dans les termes d'un
amy raiſonnable je vous redonneray dans
mon eſtime la part que vôtre procedé
bizarre & capricieux a extrémement dimi-
nué : car enfin cette importune aſſiduité,
ces brigues ſecrettes, & toutes ces aigreurs
que je remarque dans vos diſcours, ne
ſont point des chemins pour arriver à
mon cœur : & pour peu que vous perſi-
ſtiez dans ces manieres d'agir, je vous le
dis ſerieuſement, je ſeray obligée de vous
bannir avec éclat. Ce n'eſt pas aſſez,
reprit froidement Bonneval, vous n'avez
encor répondu qu'à la moitié de ce que je
vous demande, il manque quelque choſe
à mon mal-heur, & il vous reſte à me
dire que vous aymez le Comte de Graville.
Hé bien ! répliqua Mariane, je veux bien
vous ſatisfaire ſur cela ; ſçachez donc que
ſi vous n'aviez pas pris ſoin de noircir le
Comte de Graville dans mon eſprit, je
n'aurois pas pris celuy d'examiner ſa conduite & ſes ſentimens, que je l'ay trouvé
ſi raiſonnable & ſi ſage, que je n'ay pû
luy refuſer mon eſtime que vous luy avez

voulu ravir avec tant d'injustice. Voilà,
dit Mariane à Bonneval, ce que vous
avez voulu sçavoir de moy; Et c'est assez,
Mademoiselle, reprit Bonneval: l'aveu
que vous me faites, poursuivit-il, n'est
qu'une confirmation de ce que je sçay
déja; mais je veux bien que vous sçachiez
que quand on vous perd, on n'a plus rien
à ménager; & je vous declare que Graville ne joüira pas si paisiblement de sa
conquête, que je ne trouve des moyens
asseurez de troubler vôtre bon-heur en
l'apprenant à Monsieur & à Madame de
Valfons. Ouy, Mademoiselle, continua
Bonneval, je suis resolu de venir à bout
de toute vôtre constance, puisque vous
mettez la mienne à de si dangereuses
épreuves, & pour ne vous pas dóner lieu
de douter de ce que je dis, c'est que j'ay
entre mes mains le billet que vous avez
écrit ce matin à l'heureux Cóte de Graville. Mariane ne pût entédre ce discours sans
une émotion & une surprise extréme. Hé
quoy! Mademoiselle, disoit Bonneval,
qu'est devenu cette fierté si outrageante
que vous aviez pour tout ce qui vous
osoit aymer? Qu'est devenu cette severité
si cruelle qui paroissoit dans toutes vos

actions , & cette averfion que vous
aviez pour l'amour ? Parlez , Mademoifelle , & foûtenez par quelques raifons
fpecieufes l'injuftice que vous avez faite
à tant d'honnêtes gens qui vous ont
aymée , & pour lefquels vous n'avez eu
que du mépris. Pendant ce difcours en-
nuyeux , Mariane avoit eu le temps de
fe remettre de fon premier étonnement
& de fa confufion ; de forte que repre-
nant la parole avec affez de fermeté. Ie
vois bien , dit - elle à Bonneval , que
vous renoncez aujourd'huy à mon efti-
me , à mon amitié , & à toute la confi-
deration qui me reftoit pour vous ; &
que ne m'épargnant pas , vous me mettez en droit de vous découvrir tout vôtre mal-heur. Oüy , pourfuivit elle , je
vous avoüe que j'ayme le Comte de Graville , & que luy feul pouvoit vaincre
l'averfion que j'avois pour tous les atta-
chemens du cœur ; fçachez encor que ce
n'eft point un effet de la deftinée ; Ie l'ayme par difcernement , par inclination ,
& par un choix equitable. Au refte , ne
penfez pas que vos menaces m'effrayent ;
comme il n'y a rien de criminel dans mes
fentimens , rien ne me peut obliger à les

cacher : Ie fçay ce que je dois à Monfieur
de Valfons , & je defereray toûjours à
fes avis ; mais le Ciel en me privant des
perfonnes qui m'ont donné la vie , m'af-
franchit du pouvoir abfolu qu'ils avoient
fur moy , & de l'obeïffance aveugle que
je devois à leur volontez ; ainfi ne vous
imaginez pas qu'il n'y ait point de retour
pour moy dans les commandemens ny
dans les defences de mon Oncle : le monde n'eft pas fans retraites honnêtes pour
me mettre à couvert de vos perfecu-
tions , & de celles que vous fufciterez.
Au refte, continua Mariane , je ne vous
demande point ce billet , ny par quelle
voye il eft tombé entre vos mains ; il
vous fera plus honteux de vous en pre-
valoir , qu'à moy de l'avoir écrit , & vous
ne me defobligerez pas tant que vous
penfez , en apprenant à Monfieur de
Valfons une chofe que je ne lui ay cachée
que par un excez de modeftie. Si vous
vous plaignez qu'il y ait quelque chofe
dans ce billet de defobligeant , penfez
aux juftes fujets que j'ay de me plaindre
de vous par la contrainte que vous apportez à mes inclinations. Ce fut par
ces paroles que Mariane finit fon difcours

& pour ne le pas continuer, elle entra
dans son cabinet & ferma la porte sur
elle. Bonneval se retira de son côté fort
outré de douleur, de dépit, & de jalousie,
& plus amoureux que jamais. Cependant
le Comte de Graville étoit dans une
inquietude inconcevable: Il s'étoit apperçû de la perte de son billet : il le cherchoit inutilement, & ne pouvoit comprendre ce qu'il étoit devenu : mais se
souvenant qu'il n'étoit entré que Bonneval dans sa chambre, il ne douta plus
qu'il ne fût entré les mains de son Rival.
Ne voulant rien faire dans cette con-
jonĉture sans en avoir averty Mariane, il
alla trouver Eulalie, & l'obligea d'envoyer prier Mariane de la venir voir
sous pretexte d'avoir quelque chose de
consequence à luy dire. Comme elles
étoient voisines, Mariane se rendit aussi-
tôt chez son amie. Elle fit une legere
reprimande à Graville de son peu de soin,
dont il se justifia sans peine. Ils aviserent
ensemble qu'il ne falloit point presser
Bonneval de rendre le billet, que le pis
qui pouvoit arriver, étoit de le faire voir
à Monsieur de Valfons, qui n'avoit point
d'interest particulier à marier sa Niéce

avec Bonneval , plûtôt qu'avec Graville.
Ce dernier étoit sur cela dans quelque
irresolution : car il vouloit que Bonneval restituât le billet ; mais Mariane &
Eulalie ne trouverent pas à propos que
Graville s'obstinât à le ravoir. Le hazard
fût qu'en sortant de chez Eulalie , où il
avoit laissé Mariane , il rencontra Bonneval qui luy demanda s'il ne vouloit pas
se promener dans un jardin , dont ils
n'étoient pas fort éloignez ; & dont
l'entrée étoit libre à tout le monde. Mariane les y ayant veu entrer , eut peur
qu'ils ne se querelassent ; & sa crainte
n'étoit pas sans fondement : car leurs
esprits étoient tellement irritez , qu'il
leur étoit facile, ou plûtôt impossible de
n'en pas venir aux dernieres extremitez.
Mariane voyant donc ce desordre , envoya prier le Chevalier du Beslay , qui
étoit amy commun de cés Rivaux , de la
venir trouver : elle luy dit en peu de
mots ce qu'il sçavoit déja , & elle l'envoya dans le jardin où ils étoient entrez.
Le Chevalier arriva si heureusement, qu'il
les empêcha d'en venir aux mains. Ils se
firent en sa presence mille reproches :
Bonneval accusoit Graville d'infidelité, &

celuy-cy accufoit Bonneval de perfidie.
Le Chevalier du Beſlay ſe voulant rendre
le mediateur de leurs differens, leur
demanda leurs paroles; mais le Comte
de Graville ne donna la ſienne qu'aprés
que le Marquis de Bonneval luy eût
rendu le Billet de Mariane; ce qu'il ne
fiſt qu'avec bien de la peine. Aprés le
Chevalier jugeant que l'infidelité de Graville n'êtoit point volontaire, & que
l'Amour ne demandoit pas le conſente-
ment de nôtre volonté pour en diſpoſer,
il le juſtifia; mais il fut fort empêché
quand il ſçeut tout ce que Bonneval avoit
dit contre Graville. Il étoit mal aiſé de
remettre ſon eſprit qui étoit irrité avec
tant de juſtice; & il n'étoit pas facile
d'obliger Bonneval à ſe repentir d'une
faute qu'il étoit tout prêſt à commettre.
Toutefois le ſouvenir de leur ancienne
amitié, la bien-ſeance & le conſeil de
leur amy les obligea à ſubir l'accommo-
dement, qui n'eût point d'autre condition, que celle de vivre civilement, &
de s'en remettre à leur amour & à leur
fortune pour le ſuccez de leur paſſion,
ſans uſer de voyes indirectes pour ſe nui-
re. Ils convinrent que le Comte de

Graville iroit apprendre à Mariane ce
qui s'étoit passé, & les termes où ils en
étoient demeurez. Bonneval n'ofant
plus retourner chez elle fans fa permiffion, pria Graville de la perfuader à
fouffrir la veuë de fon Rival. Ne craignez rien, luy difoit cét Infortuné,
vous êtes aimé, je fuis mal-heureux,
ainfi je ne puis vous être redoutable, &
mes déplaifirs augmenteront vôtre gloire. Graville qui en effet étoit bien affeu-
ré de fa conquête, promit à Bonneval
que Mariane le verroit. Il alla fur l'heure luy porter fon Billet, & la difpofer à
voir Bonneval. Elle le luy accorda, quoy
qu'avec un peu de repugnance, il faifoit
extrémement chaud. Ce jour-là Madame de Valfons, fa fille, fa niéce, &
Eulalie, eurent envie de fe baigner. Le
Marquis de Bonneval, le Comte de Graville, & le Chevalier du Beflay, de-
mandèrent à ces Dames la permiffion de
fe mettre dans un bateau féparé, & de
les aller entretenir au bord de leur tente
quand elles y feroient entrées, leur pro-
mettant de fe retirer quand elles en vou-
droyent fortir. Après plufieurs difficultez, Madame de Valfons y confentit,

& ils y paſſerent lors qu'elles furent dans
l'eau ; quand elles en voulurent ſortir
comme on en avoit convenu , le bateau
dans lequel étoient les hommes ſe retira ;
Mariane y demeura la derniere : mais lors
qu'elle ſe levoit pour repaſſer dans ſon
bateau, le pied luy manqua, & elle tomba
dans l'eau la tête la premiere. Madame
de Valfons fit un grand cry : le Marquis
& le Comte qui n'étoient pas fort éloignez , en apprirent le ſujet : mais voyant
que le Bâtelier s'étoit déja jetté à l'eau ,
& qu'il ne trouvoit point Mariane , ces
deux Amans, s'y jetterent auſſi ; & ſans
conſiderer qu'ils étoient habillez , &
qu'ils ſe mettoient en riſque de perir &
& de ne pas ſauver leur Maîtreſſe : le
bâtelier avoit inutilement démaré le
bâteau pour voir ſi Mariane ne pourroit
point eſtre deſſous ; on ne la trouva non
plus en ce lieu-là qu'en tous les autres où
l'on l'a chercha. Bonneval ne ſçachant
pas nâger , penſa ſe noyer : de ſorte qu'il
fut contraint de demeurer avec Madame
de Valfons. C'eſt en cette occaſion plus
qu'en toute autre , qu'on doit admirer
les évenemens bizarres de l'amour & de
la fortune. Ces Dames , comme je l'ay,

ce me semble déja dit, se baignoient sous
le mail, où il y avoit plusieurs tentes, &
la rivière en étoit toute bordée de l'autre
côté, & il y en avoit seulement deux ou
trois à la pointe de l'Isle. Ce fût en celle-
là que le fil de l'eau, ou plûtôt la desti-
née, amena Mariane. Quelques femmes
se baignoient dans une des tentes, & des
hommes dans l'autre : Ceux-cy commen-
çoient à se r'habiller, quand l'un d'eux
apperçût quelque chose de blanc qui
s'approchoit des pieus qui soûtenoient
leur tente ; mettant donc le bras assez
avant dans l'eau : il fut assez heureux
pour attraper la juppe blanche que Mariane avoit sur elle. Il se fit aider par ceux
qui étoient avec luy, & tous ensemble la
tirerent dans leur bateau. Quand on a
esté fortement amoureux, l'image de la
personne aimée ne s'efface jamais de l'i-
magination, & le Comte de Boissy l'a-
voit trop été de Mariane, pour ne la
pas reconnoître dans les bras de la mort.
Il avoit bien remarqué quelques momens
auparavant, que l'on cherchoit quelque
chose sur la rivière : mais il ne croyoit pas
avoir tant d'interests à la perte qu'on
avoit faite. Quelle douleur & quelle sur-

prife ! car Mariane étoit comme morte,
& ce ne fût qu'avec fort peu d'esperance
qu'on s'employa à la faire revenir. Le
Comte de Boissy étoit sans doute fort
touché : mais il ne laissoit pas d'avoir un
petit mouvement de joye de voir sa Maîtresse entre ses bras, & de tenir du hazard
ce qu'il n'avoit pû obtenir de tant d'a-
mour & de tant de soins. Ces Dames
qui se baignoient en même lieu, voyant
que les hommes avoient tiré une femme
de l'eau, crûrent que la bien-seance les
obligeoit à s'offrir à la secourir ; elles
entrerent dans le bateau du Comte de
Boissy, il est aisé de s'imaginer le pitoyable état auquel elle étoit, à peine voyoit-
on en elle le plus petit signe de vie, & il
y eût plus d'un moment où l'on l'a crût
morte; le Comte de Boissy le croyant
comme les autres, s'évanoüit. Dans ce
temps-là Bonneval & Graville ayans veu
de loin que le peuple s'étoit amassé à la
pointe de l'Isle, commanderent au bâtelier
de prendre le fil de l'eau, & d'y aborder
en diligence. Ils étoient dans une crainte
mortelle & tres-peu d'espoir, quand il
accrocherent le bateau; ils furent bien
étonnez de voir Mariane entre les main

d

de plusieurs femmes & de quelques hommes, qui desesperoient de sa vie, & qui tâ-
choient inutilement à la faire revenir. Le
Marquis de Bonneval & le Comte de Graville n'avoient alors des yeux que pour
voir le triste objet de leur douleur & de
leur amour : mais le Chevalier de Beslay
s'étant apperceu que le Comte de Boissy
étoit évanoüy dans le bateau sans qu'on
y prît garde, en avertit ses amis. Dans le
même temps, Madame de Valfons arriva,
qui demanda qu'on remît sa Nièce entre
ses mains ; & l'on se mettoit en état de la
passer sur le batteau de la tente, quand le
Comte de Boissy revint de son évanoüis-
sement. Le premier objet qui se presenta à
sa veuë, fut Bonneval, & le Chevalier du
Beslay qu'il reconnut facilement, quoy
qu'il ne les eût veus que la nuit : Car pour
le Comte de Graville, il ne l'avoit jamais
veu. Le Comte de Boissy voyant qu'on se
mettoit en devoir de luy enlever un tre-
sor qu'il croyoit avoir si bien acquis, &
ayant avec luy deux ou trois de ses amis
en la valeur desquels il s'asseuroit, voulût
s'y opposer fort fierement en vain. Le
Chevalier du Beslay luy remontra le peril
qu'il avoit couru pour l'avoir voulu enle-

ver, & celuy où il s'expofoit encore en la
voulant retenir par force:mais cét injufte
Amant n'écouta ny la raifon,ny le devoir,
& ne fuivit que le mouvement violent de
fa paffion. Ce fût un terrible fpectacle
pour ceux qui virent cette action;lors que
dans l'efpace racourcie d'un petit batteau,
l'on vit fix hommes l'épée à la main ; les
uns pour faciliter le paffage à ceux qui
emportoient Mariane , & les autres pour
le deffendre.Le Comte de Graville ne prit
point le change , & s'attacha au combat
avec le Comte de Boiffy qui étoit brave ;
& fans confiderer qu'ils n'étoient pas fur
un élement folide , & qu'en pouffant fon
ennemy, il s'expofoit luy-même à un danger prefque inévitable , il vint aux mains
avec luy : mais avec tant de force & d'a-
dreffe , qu'il pouffa le Comte de Tende
dans l'eau,& y romba en même temps;car
il le tenoit au corps, tous les combattans
prirent même champ de bataille , & l'ardeur du combat les y emporta fans faire
reflexion qu'ils abandonnoient le prix d
la victoire. Il eft mal-aifé de dire les cir
conftances de cette terrible tragedie : ca
perfonne ne la regardoit d'affez grand fen
froid pour en faire un recit fidele,à joindr

qu'il étoit presque nuit. Ce qu'il y a de
vray, c'est que le Comte de Boissy fût pu-
ny de son injustice par le Comte de Graville, qui le tua. Pendant le combat, Mariane avoit rendu une partie de l'eau qu'elle
avoit avalée, & elle avoit entierement re-
couvert l'usage des sens & de la raison :
mais elle crut rêver, quand on luy dit ce
qui s'étoit passé depuis une heure. Hé! bon
Dieu, où est le Comte de Graville. Il est vi-
vant, repliqua Madame de Valfons, & Bonneval & luy ont également exposé leur
vie pour sauver la vôtre. Ces paroles ne
rasseurerent point Mariane de la peur que
son cher Amant n'eût pery pour elle.
Mais enfin le combat ayant finy par la
mort du Comte de Boissy, & ses amis s'ê-
tans sauvez à la faveur de l'obscurité Bonneval, Graville, le Chevalier du Bélay, avec
quelques-uns de leurs amis qui les avoient
joints depuis leur combat, allerent retrouver Madame de Valfons; toutes ces aima-
bles personnes étoient demy mortes de
frayeur, & sur tout Mariane. Elle étoit dás
un si grand abbatement, qu'à peine pou-
voit-elle ouvrir les yeux : mais lors qu'elle
entendit parler Graville auprés d'elle, &
que son cœur plûtôt que ses yeux l'eût

Reliure serrée

reconnu , elle reprit des forces pour luy
donner des marques de la crainte qu'elle
avoit euë pour sa vie, & de la joye qu'elle
avoit de son retour. Graville de son côté
ne pouvoit parler, tant il est vray que les
grandes passions suppriment la parole :
mais il s'expliqua par les regards & par les
soûpirs, & ces expressions sont sans doute
plus éloquentes & plus heureuses que
celles de la voix. Bonneval à qui il n'étoit
pas permis de tenir ce langage, se contenta
de faire un compliment fort crud à sa Maîtresse, qui étoit dé-ja en état de monter en
carrosse. Madame de Valfons retourna
chez elle, & comme le Marquis & le Comte n'étoient pas en état d'y entrer , ils furent changer d'habits en diligence. Aprés
que Bonneval en eût pris d'autres il passa
un moment dans son cabinet pour déter-
miner sur les reflexions qu'il avoit faites
depuis deux heures sur tout ce qui luy
étoit arrivé, & sur le peu d'esperance qu'il
avoit d'être aimé de Mariane , il conclud
qu'il est inutile d'aller contre les decrets
du Ciel : & les effets de cette simpathie
prevenans qui lie les cœurs sans leur aveu,
les crimes que l'amour luy avoit fait commettre contre l'honneur , l'amitié, luy re-

pafferent dans la memoire avec horreur,
& s'en repentit : & de peur de changer de
fentimens s'il differoit plus long-temps à
faire fa declaration, il envoya dire au
Comte de Graville qu'il étoit à propos
qu'ils allaffent enfemble chez Monfieur
de Valfons, pour luy demander fon con-
feil fur ce qu'ils avoient à faire aprés ce
qui s'étoit paffé. Ils trouverent Mariane fi
peu abbatuë, que c'étoit une efpece de mi-
racle de la voir en fi bon état, aprés tant
de dangers, de maux & de craintes. Toute
cette compagnie repaffoit dans la converfation ce qui étoit arrivé ce jour-là : mais
rien ne leur parut plus furprenant, que le
difcours que le Marquis de Bonneval fit à
Mariane. Mademoifelle, luy dit il en l'a-
bordant ; voicy le jour des grands évenemens, & il ne doit pas être plus furprenât
pour vous d'être échapée du peril que
vous avez couru d'avoir veu perir un de
vos Amants par un combat fi extraordi-
naire, que d'apprendre le changement qui
s'eft fait dans mon cœur. Ie vous ay aimé,
Mademoifelle, continua t'il, par une fatalité inévitable ; ma raifon m'a deftiné ; j'ay
tout fait pour me rendre digne de vôtre
affection; j'ay oublié les devoirs de l'hon-

neur & de l'amitié que j'avois toûjours si
exactement gardez; j'ay été jusqu'au crime
pour m'opposer au bon-heur de mon Rival : mais comme mon amour, mes services, & toutes mes precautions, ne font rien
pour moy, & que le Ciel fait tout pour le
Comte de Graville: Ie confesse, Mademoiselle, que le Ciel est juste, que je suis cou-
pable, & qu'il faut que je me soûmette à
ses ordres ; le même ascendant qui vous
donna le cœur de mon Rival, disposa le
vôtre à luy vouloir du bien. I'étois né
pour vous aimer, & Graville pour empor-
ter le prix de mes services. Ie luy cede
donc aujourd'huy par raison, ce que l'a-
mour m'a obligé à luy contester. Ie vous
demande à tous deux, que vous me redon-
niez vôtre amitié pour le sacrifice que je
vous fais, de la plus forte passion que l'a-
mour ait jamais produite. Ie souffriray vôtre felicité, si vôtre amitié prend soin de
m'en consoler ; la premiere marque que je
vous en demande, & qui doit être une
preuve de ma sincerité, c'est de persuader
l'aymable Lucie qu'elle seule étoit capable
de vous disputer l'empire de mon cœur;
& que si l'amour n'en eût pas disposé autrement, je luy aurois sans doute soûmis

toutes mes volontez. Cette revolution si
surprenante, causa beaucoup d'étonnement
à tous ceux qui y avoient interests ; Monsieur & Madame de Valfons, & Mademoiselle leur fille., en eurent plus que les autres : mais comme ils y trouvoient leur
avantage, personne ne s'y opposa, le Chevalier du Beslay & Eulalie n'étoient pas
encor à la conclusion de leurs avantures :
mais on peu dire qu'elles commencerent
par la fin de celles de Mariane; car le Chevalier étoit devenu amoureux d'Eulalie ;
on donna quelques jours au rétablissement
de la santé de Mariane, & à la justification
du Comte de Graville, pour la mort du
Comte de Boissy ; aprés quoy on celebra
leur mariage, & cét heureux Amant fit
avoüer à Mariane que le temps est perdu
qu'on passe sans une innocente amour.
Leurs nôces furent suivies de celles de
Bonneval & de Lucie; ces quatre personnes
ont vécu depuis dans les douceurs d'une
amitié sincere, & rien n'a troublé leur
bon heur que les perils où le Marquis de
Bonneval & le Comte de Graville se sont
depuis exposez pour le service de leur
Roy.

La Reyne ayant finy son recit, le Duc

d'Anjou admira la prodigieuſe memoire
avec laquelle elle avoit raporté juſqu'aux
moindres circonſtances des amours de
Bonneval & de Graville : cependant, quoy
qu'Eliſabeth ne les eût racontées que pour
faire comprendre au Duc que les plus inſenſibles ne l'étoient pas toûjours, il ne
s'aſſeura pas pour cela du cœur de cette
Reyne, & il ſe propoſoit de la gagner par
les formes : mais la Reyne Catherine de
Medicis ayant trouvé à propos de rapeller
ce Prince en France, il partit de Vvaruich,
& laiſſa Simieres à la Cour d'Angleterre
pour y ménager les intereſts de ſon amour;
mais le Comte de Suffolex qui ne craignoit
rien tant que le mariage de la Reyne, combattoit inceſſamment par des raiſons d'Etat
l'inclination qu'elle avoit pour le Duc
d'Anjou & cette Princeſſe, a qui il n'étoit
pas ſi facile de decider ſur une reſolution
ſi importante, prit encor quelque temps
pour rendre une réponſe poſitive à l'Ambaſſadeur de France & à Simieres qui l'attendoient.

Fin de la premiere Partie.

I